# 九州少年文学常识

先秦文学 ｜ 秦汉文学 ｜ 三国魏晋南北朝文学

**主编**
孙岩

**副主编**
陈荣强、刘坤

**版式设计师**
赵东方

**插画师**
张雨桐

燕山大学出版社
·秦皇岛·

**图书在版编目（CIP）数据**

九州少年文学常识 / 孙岩主编. —秦皇岛：燕山大学出版社，2023.12

ISBN 978-7-5761-0564-3

I. ①九… Ⅱ. ①孙… Ⅲ. ①中国文学 – 古典文学研究 – 青少年读物 Ⅳ. ① I206.2-49

中国国家版本馆 CIP 数据核字（2023）第 182861 号

**九州少年文学常识**

JIUZHOU SHAONIAN WENXUE CHANGSHI

孙 岩 主编

| | | |
|---|---|---|
| 出 版 人：陈　玉 | | |
| 责任编辑：刘馨泽 | 策划编辑：裴立超 | |
| 责任印制：吴　波 | 封面设计：赵东方 | |
| 出版发行：燕山大学出版社 YANSHAN UNIVERSITY PRESS | 电　话：0335-8387555 | |
| 地　　址：河北省秦皇岛市河北大街西段 438 号 | 邮政编码：066004 | |
| 印　　刷：秦皇岛墨缘彩印有限公司 | 经　销：全国新华书店 | |

| | |
|---|---|
| 开　　本：889mm×1194mm　1/16 | 印　张：18.25 |
| 版　　次：2023 年 12 月第 1 版 | 印　次：2023 年 12 月第 1 次印刷 |
| 书　　号：ISBN 978-7-5761-0564-3 | 字　数：380 千字 |
| 定　　价：188.00 元（全 2 册） | |

# FOREWORD
# 前言

请您和孩子一起放下手机，放下烦恼，放下生活琐事带来的焦虑和不安，为自己留一点时间，共同开启一场文学之旅。

## 文学 | 给予我们存在的意义

"我是谁，我为何而生，我为什么而活着？"

或许，只有静下心来打开书本，畅游在文学和诗歌的海洋里的时候，我们才能发现自己想要的究竟是什么。

不可否认，文学在任何时候都与世俗生活、社会进程，以及孩子们的前途命运息息相关。但更重要的是，文学存在于人类价值建构和精神成长的过程中，是人类生存意义的自我确证。

文学最伟大的功能就是给予我们存在的意义，从荷马史诗到古希腊悲剧；从但丁的《神曲》到歌德的《浮士德》；从莎士比亚的戏剧到泰戈尔的诗歌；从中国的诗经楚辞，到汉赋唐诗、宋词元曲，乃至四大名著，无论它们是什么体裁或主题，都在告诉人们"生活"的意义。

## 文学 | 给予我们心灵的指引

文学不是哲学或宗教，它不提供生存的理论，也不揭示放之四海而皆准的真理。它只是以对世界的感悟赋予人类精神一个强大而永恒的支点"理想"。

当我们迷茫的时候，当我们消极的时候，当我们陷入迷狂的激动时刻，文学总会给予我们可靠的心灵指引。

例如《悲惨世界》《红与黑》这类抽象的充满哲理性的作品，可能会带给那些理性的有意于追求人生意义和生命价值的人强烈的启示意义，成为许多人生命中最基本的精神动力。

而中华诗词，则能让孩子们多情，让孩子们叹息，让他们看到生活的不容易。

此外，文学作品中的人物、故事、场景和价值观可以鼓励他们摆脱或忘记生活中的灰暗、颓唐、失望和迷茫，给予他们生存的勇气、信心和方向。

## 文学 | 给予我们做人的尊严

　　学习文学是一个品味的过程，我们品味文字，品味故事，但最重要的是品"人"。我们品评文中人物，也会品评行文的人。文学著作千差万别，源于作者的不同个性和丰富的人生经历，屈原上下求索，李白不摧眉折腰，杜甫为天下寒士谋广厦万千，苏轼叹大江东去、迎风雨徐行。文如其人，有情感有性格，更有独一无二的个性与尊严。文学尊重每个人自由平等的展示自我、表达心声的权利。

　　所以在古今中外的文学名著中，无论是成人还是孩子都会普遍地感受到人的个性与尊严，因此在学习文学的过程中，我们也学会了如何接纳他人、尊重他人，学会了如何表达自己，赢得别人的尊重。更重要的是，我们会在这个过程中更加热爱和珍惜自己的生活。

## 文学 | 发现我们生活的意义

　　文学不一定非要像大时代的宣传品一样被人人诵读，但不管在什么时代、什么环境中，文学总会让人懂得生活并不是麻木而茫然地存在，而是充斥着无限可能、无限选择、无限生机的奇妙旅程。

---

　　文学使我们觉得生活是一件有意义的事。

　　九州文学团队是一个学术团队，在参考各类文学教材的基础上，在融汇语文应试知识的前提下，精心打造了"九州文学系列课程"，涵盖古今中外文学、文化、历史、地理知识。

　　宗旨与目标始终如一，"驾驭语言文学，洞悉大千世界"。

　　我们希望让孩子们感受、品读文学，通过聆听和观看文学作品，领悟到人生或世界的某种真相，燃起心中奋进的信念，寻找到个人的生活目标和人生理想……

---

# CONTENTS
## 目录

**先秦文学**

第 一 课　文学与人类的起源 ·························· 3

第 二 课　中国远古人类及上古神话 ·············· 8

第 三 课　先秦历史之夏商周 ························· 16

第 四 课　先秦历史之春秋战国 ····················· 20

第 五 课　《诗经》一 ······························· 23

第 六 课　《诗经》二 ······························· 25

第 七 课　《诗经》三 ······························· 27

第 八 课　《诗经》四 ······························· 30

第 九 课　先秦历史（叙事）散文一 ·············· 33

第 十 课　先秦历史（叙事）散文二 ·············· 38

第十一课　先秦历史（叙事）散文三 ·············· 41

第十二课　先秦诸子（说理）散文一 ·············· 46

第十三课　先秦诸子（说理）散文二 ·············· 50

第十四课　屈原和楚辞 ······························· 54

第十五课　屈原相关作品赏析 ························· 58

## 秦汉文学

第 一 课　秦汉历史之大秦帝国 ⋯⋯⋯⋯⋯⋯⋯⋯⋯⋯⋯⋯ 63

第 二 课　秦汉历史之两汉风云 ⋯⋯⋯⋯⋯⋯⋯⋯⋯⋯⋯⋯ 67

第 三 课　"两汉文章两司马" ⋯⋯⋯⋯⋯⋯⋯⋯⋯⋯⋯⋯ 71

第 四 课　汉乐府民歌一 ⋯⋯⋯⋯⋯⋯⋯⋯⋯⋯⋯⋯⋯⋯ 78

第 五 课　汉乐府民歌二 ⋯⋯⋯⋯⋯⋯⋯⋯⋯⋯⋯⋯⋯⋯ 81

第 六 课　汉乐府民歌三 ⋯⋯⋯⋯⋯⋯⋯⋯⋯⋯⋯⋯⋯⋯ 84

第 七 课　《古诗十九首》赏析 ⋯⋯⋯⋯⋯⋯⋯⋯⋯⋯⋯⋯ 88

## 三国魏晋南北朝文学

第 一 课　三国魏晋南北朝历史概说一 ⋯⋯⋯⋯⋯⋯⋯⋯⋯ 95

第 二 课　三国魏晋南北朝历史概说二 ⋯⋯⋯⋯⋯⋯⋯⋯⋯ 98

第 三 课　"建安风骨"说三曹 ⋯⋯⋯⋯⋯⋯⋯⋯⋯⋯⋯ 103

第 四 课　"魏晋风度"之陶渊明 ⋯⋯⋯⋯⋯⋯⋯⋯⋯⋯ 108

第 五 课　南北朝民歌 ⋯⋯⋯⋯⋯⋯⋯⋯⋯⋯⋯⋯⋯⋯ 111

# 先秦文学

XIANQIN WENXUE

## CLASSICAL LITERATURE

九州文学系列教程 1

**九州少年文学常识**

# 第一课
# 文学与人类的起源

## 礼仪

　　同学们应当学习一些礼仪常识，在日常生活中以此来规范自己的行为，成为一个有教养、有魅力的人。

　　从人际交往的角度来看，礼仪是人们交流时非常实用的一种交流艺术，是调节人际关系的良好的润滑剂，是约定俗成的示人以尊重、友好的一种通行做法。

　　礼仪的内容涵盖社会生活的各个方面。从表现形式上，包括仪容、举止、表情、服饰、谈吐、行为等；从执行对象上，包括个人礼仪、公共场所礼仪、职场礼仪等；从类别内容上，包括沟通礼仪、交际礼仪、公务礼仪、文字礼仪等。

　　在以后的课程中，我们将分门别类地把礼仪规范故事介绍给大家。同学们要随学随用，让自己变得越来越优秀。

## ▼　本课要点

1. 了解人类和动物的本质区别。
2. 熟悉"火"在人类历史进程中的作用。
3. 掌握"文字""文学""语言"出现的先后顺序。
4. 背诵《吴越春秋·弹歌》。

# 人类起源

1859 年，英国生物学家达尔文出版《物种起源》一书，阐明了生物从低级到高级、从简单到复杂的发展规律。但他没有认识到人和动物的本质区别，也未能正确解释古猿如何演变成人。

自 1924 年在非洲找到首个幼年南猿头骨以来的近 100 年，考古学家在非洲发现了一系列的人类化石，这一系列的化石构成了一个相当完整的体系。根据目前所拥有的化石材料推断，人类的起源地很可能在非洲。

最早的人种被科学家们称为"能人"，这是个专门的名称，包含有"会用手、有能力、很灵巧"的意思。那么，最早的人类和动物有什么区别呢？马克思认为：人和动物的本质区别在于能否制造并使用工具。

从人类先祖用双脚站立于地球之时起，沧海桑田，时空变迁，坚强的人类度过了漫长的岁月，火的使用对人类的进步起着革命性的作用。

工具与火，让人类社会发生了划时代的变化。温饱问题基本解决之后，发达的大脑让人类开始了对艺术的追求。

# 文学、文字、语言

这是三个十分抽象的名词，同学们不仅要知道它们的含义，还要了解它们在人类历史上出现的先后顺序。

文学是用语言反映社会生活、表达作者思想感情的一门艺术，也称语言艺术。

文学艺术源于生产劳动，是对社会生活真实生动的反映。原始人在集体劳动过程中，自然要用嘴发出声音，这些喊叫逐渐出现了声音的高低变化和节奏韵律，这是艺术的起源，而在这些韵律中加入有实在意义的词语，它就成了原始诗歌。

迄今为止，中国历史上被发现的第一首文学作品是：

《吴越春秋·弹歌》

断竹，续竹，飞土，逐肉。

虽然只有八个字，却完整地描绘了一幅上古时期人类打猎的场景。相传，这首诗歌作于黄帝时期。

文字是记录语言的符号。我国迄今考证到的最早的文字是商代的甲骨文。文字发明后，我们的文学与文明都被更好地记录、传承和发展下去，人类文明得以生生不息。

# 文学发展脉络

"君不见黄河之水天上来，奔流到海不复回。"

我们将中国文学比作一条美丽的大河，逆流而上，源头是如此缥缈不清，恰如天上之水，我们很难找到一个起源的标志性事件或作品，更不能确定年代，毕竟那是一个口口相传的远古时代。

直到《诗经》的出现，这条大河奔腾的气势与轮廓才逐渐明朗，并以一泻千里之势流淌至今，其间有高潮有低谷，有平缓有狂放，有"建安七子"的慷慨激昂，也有南朝民歌的含蓄柔情，还有李白、苏轼的自由狂放，以及鲁迅先生的凝练深刻，正如长江后浪推前浪，虽百转千折，悠悠回荡，却从未中断。

为了方便研究和学习，我们可将中国文学这条大河，分成两段，即古代文学和现代文学。

古代文学：
先秦文学、秦汉文学、三国魏晋南北朝文学、隋唐五代文学、宋元文学、明清文学

现代文学：
现代文学（1919—1949 年）
当代文学（1949 年至今）

以上仅仅是中国文学的部分，而在之后的九州文学课程中，我们将按时间及国别，为同学们系统讲解从希腊神话时代到 20 世纪各文学流派中的主要作家及其经典作品。

"最是书香能致远，腹有诗书气自华。"在这纷繁的世界中，同学们要为自己留一张安静的书桌，从中外经典中汲取营养，让自己变成一个情感丰富、博学多艺、气质超然的人。

# 第二课
# 中国远古人类及上古神话

# 场合礼仪（一）

作为学生，我们经常会参加一些集会、讲座等活动，在这些场合，我们应当怎么做才能彰显自己的文明修养呢？

不要在会场吃东西、大声喧哗、戴耳机、写作业，自觉关闭通信工具，或将其静音。

与人交谈要认真倾听，不要当众反驳，也不要自我吹嘘、不着边际。

演讲人出现差错时不要起哄、喝倒彩。报告、讲座、演出到达高潮或结束时，应当主动热情鼓掌。

活动结束离开会场时，要带好自己的物品按次序退场，切忌一哄而散。

## ▼ 本课要点

1. 了解中国境内古人类的生活情况。
2. 熟悉炎帝、黄帝、尧、舜、禹的相关典故。
3. 掌握禅让制的含义。
4. 复述上古神话故事。

# 旧石器时代

100多万年以前，中国云南省元谋县一带，乔木丛生，古木琳琅。在这片亚热带灌木丛中，先后活跃着爪蹄兽、鬣狗、云南马、剑齿虎等动物。恰是在这片土地上，时而上演着野兽追人，时而出现人追猎物的好戏。在那个蛮荒时代，我国境内最原始的居民过着艰苦的生活。

百万年过去了，20世纪60年代，考古学家在云南省元谋县挖掘古代动物化石时，意外发现了两颗人类的门牙化石，以及人类用火的痕迹。最终，元谋人的生活年代，被定格在距今170万年前。元谋人是我国境内目前已确认的最早的古人类。

1929年，在北京西南周口店的山洞里，我国考古学家裴文中发现了一个完整的远古人类头盖骨化石，这就是名震世界的北京人头盖骨。后来又发现了5个比较完整的头盖骨和200多块骨化石，还有大量打制石器、动物化石和灰烬。这个发现证明北京人可以使用打制石器，懂得使用天然火，过着群居生活。

北京人遗址是世界上出土古人类遗骨、化石和用火遗迹最丰富的遗址。

距今3万年前，在北京人活动过的地区，又出现一群远古人类，模样和现代人基本相同，他们的骨骼化石是在周口店龙骨山顶部的洞穴里发现的，考古学家把他们叫作山顶洞人。

山顶洞人仍然主要使用打制石器，我们把使用打制石器的时代称作旧石器时代。

山顶洞人已经掌握了磨光和钻孔技术，并懂得了人工取火，靠采集、狩猎为生，还会捕鱼。他们生活的集体是由血缘关系结合起来的氏族，一个氏族内有几十个人，使用公有的工具，共同劳作，一起分配食物，没有贫富贵贱差别。

# 新石器时代

距今 7 000 年前，我国南方长江流域的河姆渡原始居民已经进入了磨制石器的时代，也叫新石器时代。他们用耒耜（lěi sì）耕地，种植水稻，制造陶器，居住在干栏式房屋里，还发明了简单的玉器和乐器。

在距今五六千年前，黄河流域西安半坡村一带生活着一群原始居民，他们已经普遍使用磨制石器，种植粟（北方称"谷子"，去皮后叫"小米"），而且这些原始居民因地制宜地住进了半地穴式房屋，冬暖夏凉。半坡人制造的陶器，色彩鲜艳，被称作彩陶。

随着生产力的不断进步，黄河流域的人口不断增加，许多近亲的氏族组成了部落，若干部落又组成了部落联盟，各大部族之间不断交流、摩擦和冲突，一个崭新的时代即将到来。

# 炎帝、黄帝与尧、舜、禹

距今四五千年前，黄河流域出现了两位杰出的部落首领：炎帝和黄帝。

相传炎帝牛首人身，他亲尝百草，用草药治病；他发明刀耕火种，创造了翻土的农具，教百姓开垦荒地、种植粮食作物。

黄帝则被尊为中华民族的"人文初祖"。相传黄帝建造宫室，制作衣裳，还教人们挖井，发明舟车，为后世的衣食住行奠定了基础。他的妻子嫘祖发明了养蚕缫丝，他的属下仓颉发明了文字，伶伦编出了乐谱。

在当时的东方，生活着强大的蚩尤部落，相传他们以铜做兵器，勇猛异常，黄帝和炎帝部落联合起来，在涿鹿之战中大败蚩尤。从此，炎帝、黄帝部落结成联盟，经过长期发展，形成了日后的华夏民族。

相传继黄帝之后，黄河流域杰出的部落首领还有尧、舜、禹。尧生活简朴，克己爱民；舜宽厚待人，孝敬父母；禹带领人民治理洪水，三过家门而不入。相传，尧晚年时，征得各部落同意，推举舜做他的继承人。舜年老后采用同样的办法把位置让给了禹。这种推举部落联盟首领的办法，历史上叫作"禅让"。

# 上古神话

　　远古时代的居民对所接触的自然现象、社会现象幻想出来的具有艺术意味的解释和描述被称作上古神话，这是一种集体的口头描述。

　　上古神话是中国浪漫主义文学的起源。

　　将社会生活通过高度的想象、联想和夸张等手法表现出来，这样的文学作品叫作浪漫主义文学。

# 上古神话选讲

## 后羿射日

尧时期，有一次天上一起出现了十个太阳，人间大旱，庄稼都被烤焦了。各种毒蛇猛兽也趁机出来祸害人民。人们又饿又热，还要担心猛兽，叫苦连天。有一个神箭手叫后羿，他挽起弓，射下了九个太阳，只留一个给人民提供所需的光和热，大地就变得没有那么炎热了。后来，后羿还除掉了害人的猛兽，让人们过上了幸福的生活。

这个神话歌颂了征服自然、为民除害的英雄。

## 夸父逐日

夸父追逐太阳，离太阳越来越近。他感到口渴，想要喝水，于是到黄河、渭河旁喝水，将黄河、渭河的水都喝干了，还不够，夸父想去喝北方大湖的水，还没赶到大湖就渴死了。他手里的拐杖变成了一片桃林。

这个神话歌颂了夸父的勇敢、宏伟的气魄和死后仍不忘为民造福的精神。

## 精卫填海

在发鸠山上，有许多柘树，有一种鸟形态和乌鸦差不多，头上有花纹，白嘴红脚，名字叫作"精卫"，它的叫声也是"精卫"。原来它是炎帝的女儿，名字叫作女娃，女娃去东海游泳，被淹死了，变成了精卫鸟。精卫痛恨东海，总是从发鸠山上衔来木头和石头想把东海填平。

这个神话反映了当时人们想要征服自然的愿望，歌颂了人们同自然作斗争的勇敢精神。

## 女娲补天

传说当人类繁衍起来后，忽然水神共工和火神祝融打起仗来，二神从天上一直打到地下，闹得天地不宁，结果祝融打胜了，但战败的共工不服，一怒之下，把头撞向不周山。

不周山崩裂了，支撑天地之间的大柱断折了，天倒下了半边，出现了一个大窟窿，地也陷成一道道大裂纹，山林烧起了大火，洪水从地底下喷涌出来，龙蛇猛兽也出来吞食人民。人类面临着空前大灾难。

女娲目睹人类遭到如此奇祸，感到无比痛苦，于是决心补天，以终止这场灾难。她找来许多五色石子，架起火将它们熔化成浆。

她用这种石浆将残缺的天窟窿填好，随后又斩下一只在水中作乱的大龟的四脚，当作四根柱子把倒塌的半边天支起来。

经过女娲的一番辛苦整治，天总算补上了，人类又过上了安乐的生活。

## 嫦娥奔月

嫦娥是后羿的妻子。后羿向王母求来长生不老的仙丹，还没有来得及吃，就被嫦娥偷吃了。嫦娥吃了仙丹就成仙了，飞上了月亮，住在广寒宫里。

这个神话反映了当时人们对宇宙的好奇。2013年12月14日，"嫦娥三号"在月球表面成功着陆，圆了中国人千年的奔月梦。人类的探索让神话变成了现实。

# 第三课
# 先秦历史之夏商周

## 场合礼仪（二）

遵守时间，是一个人在社会生活中最基本的素质。连守时都做不到的人，在与人交往中不但会令人厌烦，而且会失去许多话语权。

学校、单位规章制度中的作息时间是必须要遵守的，经常迟到、早退，不但要受到惩罚，还会给人留下很糟糕的印象。

自己邀请别人，自己应当提前到达，做好接待客人的准备。受到别人邀请，应当准时或稍稍提前到达，不要提前太多，以免主人来晚了尴尬。

在参加集体活动的时候，如旅游、聚餐、会议、乘车、乘机时，要严格按照主办方或召集人的要求集合，否则因为一个人的延误，影响了整个活动的进行，即便别人不说，你也会无地自容的。

▼ **本课要点**

1. 背诵中国历史朝代歌。
2. 熟悉夏商周各时期代表人物、建立时间及都城。
3. 了解分封制的含义。

## 国家出现

禹当部落联盟首领的时候，社会生产力进一步发展，人民的生活水平有了很大提高，剩余产品越来越丰富，财产私有观念已然形成。

公元前 2070 年左右，禹在阳城建立了夏朝，这也是中国历史上第一个王朝，标志着中国早期国家的产生。禹从部落联盟首领变成了国君，人民之间不再平等，社会出现了奴隶与奴隶主两大阶级，漫长的原始社会结束了，奴隶社会从此开始。

在之后的漫长历史进程中，我国历经了许多朝代，为了方便记忆，其中的主要朝代被编成了《中国历史朝代歌》。

**中国历史朝代歌**
**三皇五帝始，尧舜禹相连。**
**夏商与西周，东周分两段。**
**春秋和战国，一统秦两汉。**
**三分魏蜀吴，二晋前后延。**
**南北朝并立，隋唐五代传。**
**宋元明清后，皇朝至此完。**

# 夏、商、西周

禹死后，启继承了王位，成了夏朝第二个国君，世袭制代替了禅让制，"公天下"变成了"家天下"。

夏朝修筑了城堡、宫殿，建立了政府相关机构，组建军队，并制定刑法，设置监狱。经历了四百多年，夏朝的最后一个国君桀，是历史上有名的暴君，平民和奴隶纷纷反抗桀的暴政。

在夏王朝衰落之时，黄河下游的商部落逐渐强大起来，其首领汤团结周围其他小国和部落乘机攻夏，约公元前1600年，汤战胜桀，夏朝灭亡，商朝建立。

商汤是一位很有作为的国君，他把都城建在亳（bó），重用有才干的伊尹做大臣，让商朝很快强大起来。之后，因为水患和政治原因，商朝几次迁都，一直到商王盘庚迁都到殷，都城才安定下来，后人又称商朝为殷朝或殷商。

19世纪末，人们在殷墟，也就是今天河南安阳小屯村，发现了很多刻有文字的龟甲和兽骨，这是我国最早的文字——甲骨文。

商朝最后一位国君叫纣，也是历史上有名的暴君，他修建豪华的宫殿园林，尽情享受，使用炮烙等酷刑，国内各个部族纷纷反抗商纣统治。那时候，西部渭水河边的周部落发展迅速，周文王重视农业生产，任用姜尚等人才，国力逐步强大。

公元前1046年，周文王的儿子周武王征伐商纣，双方在牧野爆发大战，周武王以少胜多，商朝灭亡，周朝建立，都城在镐（hào）京（今陕西西安），历史上称为西周。

西周实行分封制，周天子把土地、百姓分给了亲属和功臣，使他们成为诸侯国的国君，可以世代继承自己的土地，周朝的版图上出现了大大小小的诸侯国。这些诸侯必须服从周天子的命令，按时向天子缴纳贡品，并随天子出兵作战。

西周初期，各大诸侯国相安无事，大量的土地得到开发利用，但到了西周后期，各诸侯国实力增加，天子无道，政局混乱，以致出现了"烽火戏诸侯"这类荒唐事。

公元前771年，西周王朝被犬戎所灭，后来，周平王把都城从镐京迁到东边的洛邑，史称东周。

# 第四课
# 先秦历史之春秋战国

## 问候礼仪（一）

向父母、老师、长辈问候、致意时，要按不同的时间和场合使用不同的问候语。

父母是我们身边最亲近的人，即使每天见面，也要养成问好的习惯，还应当把"谢谢"和"对不起"挂在嘴边。家里来了客人，不能躲进房间，更不应该大声喧哗，要礼貌地和客人打招呼，帮助家长招待客人。在学校，遇到老师时，应当主动问好。

向别人打听道路，先要礼貌地打招呼，如"对不起，打扰您一下""请问"等，年轻人问路应选适当称呼，如"老爷爷""阿姨""叔叔"等，然后再问路，听完回答之后，一定要说："谢谢您！"如果被陌生人问路，应认真、仔细回答。自己不清楚时，应说："很抱歉，我不知道，请再问问别人。"

## ▼ 本课要点

1. 掌握"春秋五霸"及相关典故。
2. 识记"战国七雄"各诸侯国的名称及地理位置。
3. 熟悉"商鞅变法"相关内容。
4. 识别著名青铜器名称。

# 春秋五霸

公元前 770 年，周平王把都城从镐京迁到东边的洛邑，东周开始了，我们把东周分成两个阶段"春秋"与"战国"。

春秋时期（公元前 770 年—前 476 年），诸侯国力量逐渐强大，开始摆脱周天子的控制，走向弱肉强食、互相征伐的道路。齐国依靠名臣管仲的改革，率先强大起来，齐桓公召开葵丘会盟确立了自己的霸主地位，继而宋襄公、晋文公、秦穆公、楚庄王在诸侯之间称霸，他们被称作"春秋五霸"。

此外，南方的吴王阖闾与越王勾践也雄霸一方，与中原各国分庭抗礼。整个春秋时期，可谓战火连绵，各大诸侯国为了土地和人口不断掀起战争，被称作"春秋无义战"。

# 楚庄王问鼎中原

公元前 606 年，一鸣惊人的楚庄王熊旅北伐，一路势如破竹，把楚国大军开至东周的都城洛阳南郊，举行盛大的阅兵仪式。即位不久的周定王忐忑不安，派善于应对的王孙满去慰劳大军。

楚庄王见了王孙满，劈头就问道："听说周天子富有天下九州，分别用九个鼎来代表九州，那么我楚国的鼎是不是最大的？"按照周朝初年的礼法，只有天子可以谈论鼎的轻重大小，言外之意，楚庄王要与周天子比权量力。

王孙满脸色大变，委婉地说："一个国家的兴亡，不在乎鼎的大小轻重。"

楚庄王见王孙满拿话敷衍，就直接说道："天子不要自以为拥有九鼎，我们楚国用坏的兵器也足以铸成九鼎。"

面对雄视北方的楚庄王，善辩的王孙满先绕开楚庄王的话锋，大谈九鼎制作的年代和传承的经过，最后才说："周天子虽然势力微小，但是天命未改，天下依旧是大周王朝，宝鼎的轻重大小，还不能过问啊。"

楚庄王哈哈大笑，不再强问，挥师伐郑，开始另一番中原大战。

## 战国七雄

在频繁的战争下，很多小国消失在历史舞台上，以"三家分晋""田氏代齐"为标志的战国时期（公元前476年—前221年）来临了，七个强大的诸侯国（齐、楚、秦、燕、赵、魏、韩）逐步吞并周边小国，成为"战国七雄"。

这又是一个战火纷飞的时代，战争不断上演，以长平之战为代表，七国在战争中逐渐走向统一。

春秋以前，土地归国家所有。春秋以来，由于铁制农具的广泛推广，大量荒地被开垦出来，一些奴隶主将新开垦出来的土地占为己有并出租。奴隶主的身份逐渐转化为地主，租种土地的人变成了农民。到了战国时期，新兴的地主阶级为了确立统治地位，先后在各国掀起变法运动。

公元前356年，商鞅在秦孝公支持下开始主持秦国变法。法令主要规定：

承认土地私有，允许自由买卖。

奖励耕战，生产粮食布帛多的人，可以免除徭役。

根据军功大小授予爵位和田宅，废除没有军功的旧贵族的特权。

建立县制，由国君直接派人管理。

经过商鞅变法，秦国的经济和军事实力不断增强，发展成为战国时期最强大的国家。公元前221年，秦王嬴政统一天下，建立秦王朝，持续了将近八百年的周朝灭亡。

## 工艺高超的青铜器

原始社会末期，我国就已出现青铜器。到了夏朝，青铜器的种类增多。商朝是我国青铜文化灿烂时期，著名的青铜器有后母戊鼎（又称司母戊鼎）和四羊方尊。西周青铜器种类繁多，大多用于祭祀。

# 第五课
# 《诗经》一

## 问候礼仪（二）

按照传统礼仪，我们说话常用谦辞和敬辞。比如："令"字，用于称对方的亲属或与其有关系的人。如尊称对方的父亲为令尊，尊称对方的母亲为令堂，尊称对方的儿子为令郎，尊称对方的女儿为令爱，尊称对方的兄长为令兄，尊称对方的弟弟为令弟，尊称对方的侄子为令侄。

比如："家"字，用于对别人称自己的辈分高的或年纪大的亲属。如父亲称为家父、家尊、家严、家君，母亲称为家母、家慈，兄长称为家兄，姐姐称为家姐，叔叔称为家叔。

▼ **本课要点**

1. 背诵本课所选《诗经》篇目。
2. 识记重点字词含义。
3. 掌握"通假字"。

# 《诗经》简介

《诗经》是一部从周朝初年到春秋中期经历约五百年的作品，是我国第一部诗歌总集，原名"诗"或"诗三百"，共有 305 篇。这部书是由谁编辑整理的，在先秦古籍中没有明确的记载，今人无从知晓。历史上广泛影响的有"行人（王官）采诗""诸侯献诗""孔子删诗"三种说法。

**国风·魏风·硕鼠**

硕鼠硕鼠，无食我黍！三岁贯女，莫我肯顾。
逝将去女，适彼乐土。乐土乐土，爰得我所。
硕鼠硕鼠，无食我麦！三岁贯女，莫我肯德。
逝将去女，适彼乐国。乐国乐国，爰得我直。
硕鼠硕鼠，无食我苗！三岁贯女，莫我肯劳。
逝将去女，适彼乐郊。乐郊乐郊，谁之永号？

**国风·魏风·伐檀**

坎坎伐檀兮，置之河之干兮，河水清且涟猗。
不稼不穑，胡取禾三百廛兮？
不狩不猎，胡瞻尔庭有县貆兮？彼君子兮，不素餐兮！
坎坎伐辐兮，置之河之侧兮，河水清且直猗。
不稼不穑，胡取禾三百亿兮？
不狩不猎，胡瞻尔庭有县特兮？彼君子兮，不素食兮！
坎坎伐轮兮，置之河之漘兮，河水清且沦猗。
不稼不穑，胡取禾三百囷兮？
不狩不猎，胡瞻尔庭有县鹑兮？彼君子兮，不素飧兮！

# 第六课
# 《诗经》二

## 问候礼仪（三）

中国自古是敬师的国家，尊重老师，礼敬老师，是学生的基本礼仪。

见到师长，早上问早，中午问好，放学回家说再见。

进出校门、上下楼梯时遇见老师，应让老师先行。

进办公室要喊"报告"，听到"请进"后方可进入，离开时应向老师说"再见"。

与老师意见相左的时候，可以私下与老师沟通，沟通时语气应当谦和。

注意自我保护，如果教师的行为触犯了法律法规，比如威胁到或伤害了你的身体、侵犯了你的隐私、限制了你的自由、侮辱了你的人格等，你必须机智地使用恰当的办法保护自己的权益，情况严重时应当迅速向家长、学校、教育行政主管部门或公安机关报告。在这些情况下，我们不应当畏惧于师生关系，不应当考虑礼仪问题，要以保护自己的安全和合法利益为重。

▼ **本课要点**

1. 识记重点字词含义。
2. 背诵本课所选《诗经》篇目。

## 卫风·木瓜

投我以木瓜，报之以琼琚。匪报也，永以为好也！
投我以木桃，报之以琼瑶。匪报也，永以为好也！
投我以木李，报之以琼玖。匪报也，永以为好也！

## 周南·关雎

关关雎鸠，在河之洲。窈窕淑女，君子好逑。
参差荇菜，左右流之。窈窕淑女，寤寐求之。
求之不得，寤寐思服。悠哉悠哉，辗转反侧。
参差荇菜，左右采之。窈窕淑女，琴瑟友之。
参差荇菜，左右芼之。窈窕淑女，钟鼓乐之。

## 郑风·子衿

青青子衿，悠悠我心。纵我不往，子宁不嗣音？
青青子佩，悠悠我思。纵我不往，子宁不来？
挑兮达兮，在城阙兮。一日不见，如三月兮。

## 秦风·蒹葭

蒹葭苍苍，白露为霜。所谓伊人，在水一方。
溯洄从之，道阻且长。溯游从之，宛在水中央。
蒹葭萋萋，白露未晞。所谓伊人，在水之湄。
溯洄从之，道阻且跻。溯游从之，宛在水中坻。
蒹葭采采，白露未已。所谓伊人，在水之涘。
溯洄从之，道阻且右。溯游从之，宛在水中沚。

# 第七课
# 《诗经》三

## 就餐礼仪（一）

吃饭时，往往是一个人最放松的时候，餐饮的礼仪在很大程度上还可以体现出一个人的层次和涵养。就餐行为是否得体，关系到一个人的内在和外在形象。

吃饭前，要帮父母、长辈放置碗筷，搬放凳子等，做一些力所能及的事情。

吃饭时，让长辈先入座，要等父母长辈先开始吃，再拿起碗筷吃饭。

吃饭时，不狼吞虎咽，不无故讲话，不随意走动，菜渣残骨不要乱扔。不要对着餐桌咳嗽、打喷嚏。

若长辈给自己添饭夹菜，要说"谢谢"。若比父母、长辈先吃完饭，要请父母、长辈"慢吃"。

吃饭后，要帮助父母收洗碗筷、抹桌凳等。

▼ **本课要点**

1. 识记重点字词含义。
2. 背诵本课所选《诗经》篇目。

### 国风·王风·君子于役

君子于役，不知其期，曷至哉？

鸡栖于埘，日之夕矣，羊牛下来。

君子于役，如之何勿思！

君子于役，不日不月。曷其有佸？

鸡栖于桀，日之夕矣，羊牛下括。

君子于役，苟无饥渴！

### 国风·召南·小星

嘒彼小星，三五在东。

肃肃宵征，夙夜在公。寔命不同。

嘒彼小星，维参与昴。

肃肃宵征，抱衾与裯。寔命不犹。

### 小雅·采薇（末章）

昔我往矣，杨柳依依。今我来思，雨雪霏霏。

行道迟迟，载渴载饥。我心伤悲，莫知我哀！

### 国风·秦风·无衣

岂曰无衣？与子同袍。王于兴师，修我戈矛。与子同仇！

岂曰无衣？与子同泽。王于兴师，修我矛戟。与子偕作！

岂曰无衣？与子同裳。王于兴师，修我甲兵。与子偕行！

# 第八课
# 《诗经》四

## 就餐礼仪（二）

不在饭桌上听音乐、看书、玩手机、发呆。

不在马路上、景区内、运动场、商场等公共场所吃东西。

主动坐在离门近的地方，把里面的座位留给长者。用餐时应该礼让他人，特别是礼让长辈和小孩。

饭前和饭后不与别人家的孩子争执或追逐打闹，不随意触动别人家的物品，不随意进入别人家的卧室，不制造不愉快的气氛。

在别人家做客时，不随意说自己喜欢吃某种东西，不向自己的父母索要物品，以免让别人额外破费或造成大人之间的尴尬。

用餐时不高谈阔论、自我吹嘘，不说饭菜不好吃之类的话。

用餐后告别时应对主人表示感谢。

▼ **本课要点**

1. 背诵本课所选《诗经》篇目。
2. 熟记"诗经六义"。

### 国风·王风·黍离

彼黍离离，彼稷之苗。
行迈靡靡，中心摇摇。
知我者，谓我心忧；不知我者，谓我何求。
悠悠苍天，此何人哉？

彼黍离离，彼稷之穗。
行迈靡靡，中心如醉。
知我者，谓我心忧；不知我者，谓我何求。
悠悠苍天，此何人哉？

彼黍离离，彼稷之实。
行迈靡靡，中心如噎。
知我者，谓我心忧；不知我者，谓我何求。
悠悠苍天，此何人哉？

### 小雅·鹿鸣

呦呦鹿鸣，食野之苹。我有嘉宾，鼓瑟吹笙。
吹笙鼓簧，承筐是将。人之好我，示我周行。
呦呦鹿鸣，食野之蒿。我有嘉宾，德音孔昭。
视民不恌，君子是则是效。我有旨酒，嘉宾式燕以敖。
呦呦鹿鸣，食野之芩。我有嘉宾，鼓瑟鼓琴。
鼓瑟鼓琴，和乐且湛。我有旨酒，以燕乐嘉宾之心。

# 诗经六义

《诗经》中的诗歌大多以四言为主，当时是可以配合音乐演唱的，可分为"风""雅""颂"三类。

"风"即是曲调旋律，国风就是各个地区的音乐，包括《周南》《召南》《邶风》《鄘风》《卫风》《王风》《郑风》《齐风》《魏风》《唐风》《秦风》《陈风》《桧风》《曹风》《豳风》。其中"周南""召南""豳"都是地名，"王"是指洛邑（洛阳），其他都是指诸侯国的名字，《诗经》中共计十五国风，160篇。

"雅"也叫"正"，是指朝廷的音乐，作者主要是王公贵族，分《大雅》和《小雅》，共105篇。

"颂"是宗庙祭祀的礼乐之歌，包括《周颂》《鲁颂》和《商颂》，共40篇。

《诗经》中的作品，内容十分广泛，深刻地反映了商周时期，尤其是西周初年至春秋中叶社会的各个方面，包括战争、民生、爱情、风俗、文化、政治经济等。

赋、比、兴是《诗经》创作中三种重要的表达手法。

"赋"就是直接陈述，把事情或感情直接表述出来，比如《君子于役》。

"比"就是类比或比喻，把一个东西比作另一个东西，比如《硕鼠》。

"兴"是先说其他的事物，再说自己想要表达的事物，比如《关雎》。

我们把风、雅、颂、赋、比、兴称为"诗经六义"。

# 第九课
# 先秦历史（叙事）散文一

## 爱护公物 保护环境

爱护公物、保护环境是一个经常谈起的话题，可是保护环境你做到了吗？很多同学没做到，于是能做到的同学就能给别人留下素质高的印象。那么如何爱护公物呢？

不故意损坏公共设施，如不在教学设备、板凳桌椅上踩踏或涂写刻画；不在墙面上蹬踢、乱画；不攀折花木、践踏草坪。

不损坏和私拆学校的仪器、设备，以免影响教学工作的正常运行。

不随地吐痰，应当把痰吐在卫生纸上，将纸扔进垃圾桶。

要努力克服随手乱丢东西的缺点，把废纸、果皮、包装袋等扔进垃圾桶，特别要杜绝从楼上向下扔东西的可耻行为。不要把纸撕碎扔在地上或放在课桌内。

少吃零食，给人以朴素大方印象的同时也减少垃圾的产生。

节约水电资源，养成离开时随手关水龙头、关灯、关空调的好习惯。

▼ **本课要点**

1. 了解史官及历史散文的含义。
2. 掌握史书分类及各类史书代表书目。
3. 熟悉《左传》《春秋》的相关内容。
4. 复述《左传》《战国策》的相关名篇。

# 先秦散文

散文原指和韵文相对的所有不押韵的文章，现指与小说、诗歌、戏剧并列的一种文学样式。古代中国是散文大国，也是出现这种文体最早的国家。中国古代散文的发端，可以追溯到殷商时代，商朝的甲骨卜辞中，已经出现不少完整的句子。甲骨卜辞是记事散文的萌芽。

先秦散文分为两种，历史（叙事）散文和诸子（说理）散文。前者包括《左传》《国语》《战国策》等历史著作；后者是儒、墨、道、法等诸学派的著作，如《论语》《墨子》《孟子》等。

# 先秦历史散文

历史散文是记述历史事件过程的散文，这样的散文集结成书便是史书。这些文章基本上都是由史官编写的。史书根据记录历史的方式可以分为以时间为中心、按年月日编排史实的编年体，以给历史人物写传记的方式叙述历史的纪传体，以及以国家为单位，分别记录历史事件的国别体。史书又可根据历史长度划分为通史和断代史。

我国历朝历代均设置专门记录和编撰历史的官职，统称史官。史官演化出专门负责记录的起居注史官和编写史书的史馆史官，前者随侍皇帝左右，记录皇帝的言行与政务得失，皇帝不能阅读这些记录内容，后者专门编纂前代王朝的官方历史。

我国历史上著名的史官有司马迁、班固、陈寿、司马光等。

综合以上两种分类标准，我们一般将史书分为以下几种：

编年体通史，代表作：《资治通鉴》（北宋 司马光）。

编年体断代史，代表作：《春秋》（春秋 孔子）。

纪传体通史，代表作：《史记》（西汉 司马迁）。

纪传体断代史，代表作：《汉书》（东汉 班固）。

国别体史书，代表作：《战国策》《国语》。

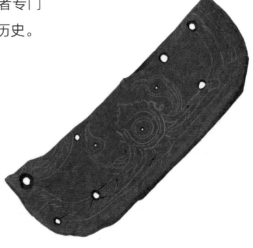

# 史书简介

《尚书》：又称《书》或《书经》，是我国第一部古典文集和最早的历史文献，它以记言为主。内容自尧舜到夏商周，跨越2 000多年。《尚书》相传为孔子编定。

《春秋》：《春秋》是鲁国的编年史，由孔子修订而成。春秋这个历史阶段的名称也是因这部书而来。《春秋》记录了周王朝、鲁国及其他各国的事件，共242年（公元前722年—前481年）。《春秋》一书中用于记事的语言极为简练，然而几乎每个字都暗含褒贬之意，被后人称为"春秋笔法""微言大义"。由于《春秋》的记事过于简略，因而后来出现了很多对《春秋》所记载的历史进行补充、解释、阐发的书，被称为"传"。其中较著名的是被称为"春秋三传"的《左传》《公羊传》《谷梁传》。

《左传》：《左传》又被称为《春秋左氏传》和《左氏春秋》，它是我国第一部叙事详细的编年史著作，相传是春秋末年鲁国史官左丘明编写而成，记叙范围起自鲁隐公元年（前722年），止于鲁哀公二十七年（前468年），主要记载了东周前期255年间各国政治、经济、军事、外交和文化方面的重要事件和重要人物，是研究我国先秦历史很有价值的文献，也是优秀的散文著作。

# 历史散文选讲

### 郑伯克段于鄢

从前，郑武公在申国娶了一个妻子，叫武姜，她生下郑伯和共叔段。郑伯出生时脚先出来，武姜受到惊吓，非常讨厌这个儿子，因此给他取名叫"寤生"。武姜偏爱小儿子共叔段，想立共叔段为世子，多次向武公请求，武公都不答应。

郑伯继位后，武姜就替共叔段请求分封到制邑去。

郑伯觉得这个地方太重要，没有答应。武姜便请求封给共叔段京邑，郑伯答应了，让他住在那里，之后人们称共叔段为京城太叔。共叔段在自己的封地不断招兵买马，武姜也在都城为小儿子通风报信，母子二人准备里外接应谋取郑伯的王位，有大臣提醒郑伯多提防共叔段，郑伯说："多行不义，必自毙，子姑待之。"

过了不久，共叔段修整盔甲武器，准备好兵马战车，将要偷袭郑国。武姜打算

开城门做内应。庄公得到共叔段偷袭的消息,说:"可以出击了!"命令大将军子封率领军队去讨伐京邑。京邑的人民也乘机背叛共叔段,共叔段于是逃到鄢城。郑伯又追到鄢城讨伐他。鄢城大战后,共叔段彻底败北,逃到了共国,从此势力一落千丈。

战后,郑伯一气之下就把母亲武姜安置在颍这个地方,并且发誓说:"不到黄泉,誓不相见。"过了些时候,郑伯想念母亲,又后悔了。有个叫颍考叔的,是颍地的官吏,听到这件事,就拿贡品献给郑伯。郑伯赐给他饭食。颍考叔在吃饭的时候,把肉留着。郑伯问他为什么这样。颍考叔答道:"小人有个老娘,我吃的东西她都尝过,只是从未尝过君王的肉羹,请让我带回去送给她吃。"郑伯说:"你有个老娘可以孝敬,唉,唯独我就没有!"颍考叔说:"请问您这是什么意思?"郑伯把原因告诉了他,还告诉他后悔的心情。颍考叔答道:"您有什么担心的!只要挖一条地道,挖出了泉水,从地道中相见,谁还说您违背了誓言呢?"郑伯依了他的话,到颍地挖了一条地道,母子俩在地下见面抱头痛哭,从此母子言归于好。

# 第十课
# 先秦历史（叙事）散文二

## 穿着礼仪（一）

《国风·鄘风·相鼠》中唱道："相鼠有皮，人而无仪，人而无仪！不死何为？"可见仪表对人来说是多么重要。仪表，指的是人的外表，包括容貌、姿态、风度等。青少年固然应当有美丽的心灵，但是也不能忽视自己的仪表，要让内在的美通过外在的仪表体现出来。

按要求穿规定的校服，不穿奇装异服。

着装整齐，朴素大方，不把上衣捆在腰间，不披衣散扣。

不穿背心、拖鞋、短裤在校园行走和进入教室。

课堂上不敞衣、脱鞋。

不穿名牌鞋，不穿中高跟鞋，不穿厚底时装鞋，以球鞋或平底鞋为好。

不佩戴项链、耳环（钉）、戒指、手链、手镯等饰物。

不涂脂抹粉，不画眉，不文眉，不文身，不留长指甲，不涂指甲油。

按要求修剪头发，不染发，不烫发，不留长发。

▼ **本课要点**

1. 背诵《曹刿论战》画线部分。
2. 背诵《烛之武退秦师》画线部分。

# 历史散文选讲

### 曹刿论战

　　鲁庄公十年的春天，齐国军队攻打鲁国。鲁庄公将要迎战。曹刿请求拜见鲁庄公。他的同乡说："当权的人自会谋划这件事，你又何必参与呢？"曹刿说："当权的人目光短浅，不能深谋远虑。"于是入朝去见鲁庄公。

　　曹刿问鲁庄公："您凭借什么作战？"鲁庄公说："衣服食物这些东西，我从来不敢独自专有，一定把它们分给身边的大臣。"曹刿回答说："这种小恩小惠不能遍及百姓，老百姓是不会顺从您的。"鲁庄公说："祭祀用的猪牛羊和玉器、丝织品等祭品，我从来不敢虚报数目，一定对上天说实话。"曹刿说："小小信用，不能取得神灵的信任，神灵是不会保佑您的。"鲁庄公说："大大小小的诉讼案件，即使不能一一明察，但我一定根据实情合理裁决。"曹刿回答说："这才尽了本职一类的事，可以凭借这个条件打一仗。如果作战，请允许我跟随您一同去。"

　　到了那一天，鲁庄公和曹刿同坐一辆战车。在长勺和齐军作战。鲁庄公将要下令击鼓进军。曹刿说："现在不行。"等到齐军三次击鼓之后，曹刿说："可以击鼓进军了。"齐军大败。鲁庄公又要下令驾车马追逐齐军。曹刿说："还不行。"说完就下了战车，查看齐军车轮碾出的痕迹，又登上战车，扶着车前横木远望齐军的队形，这才说："可以追击了。"于是追击齐军。

　　打了胜仗后，鲁庄公问他取胜的原因。曹刿回答说："<u>夫战，勇气也。一鼓作气，再而衰，三而竭。彼竭我盈，故克之。夫大国，难测也，惧有伏焉。吾视其辙乱，望其旗靡，故逐之。</u>"

### 烛之武退秦师

晋文公、秦穆公联合围攻郑国，晋军驻扎在函陵，秦军驻扎在氾南。佚之狐对郑伯说："郑国处于危险之中，如果能派烛之武去见秦伯，一定能说服他们撤军。"郑伯同意了。

烛之武推辞说："我年轻的时候，尚且不如别人；现在老了，做不成什么了。"郑文公说："我早先没有重用您，现在危急之中求您，这是我的过错。然而郑国灭亡了，对您也不利啊！"

烛之武就答应了。夜晚用绳子将烛之武从城墙上放下去，去拜见秦伯，烛之武说：

"**秦、晋围郑，郑既知亡矣。若亡郑而有益于君，敢以烦执事。越国以鄙远，君知其难也。焉用亡郑以陪邻？邻之厚，君之薄也。若舍郑以为东道主，行李之往来，共其乏困，君亦无所害。且君尝为晋君赐矣，许君焦、瑕，朝济而夕设版焉，君之所知也。夫晋，何厌之有？既东封郑，又欲肆其西封，若不阙秦，将焉取之？阙秦以利晋，唯君图之。**"

秦伯听后很高兴，就与郑国签订了盟约。并派大将军杞子、逢孙、杨孙帮郑国守卫，然后撤军回国。

晋国大将子犯请求晋文公下令攻击秦军。

晋文公说："不行！假如没有那人的支持，我到不了今天这个地步。借助了别人的力量而又去损害他，这是不仁义的；失掉自己的盟国，这是不明智的；以混乱相攻代替联合一致，这是不勇武的。我们还是回去吧！"晋军也撤离了郑国。

# 第十一课
# 先秦历史（叙事）散文三

## 穿着礼仪（二）

学生在校期间应当按照要求穿校服，即使自己觉得校服不好看，也应当遵守集体的规定，不应特立独行，公然违规。

校服应当保持干净整洁，不能给人邋遢的感觉。

选择与校服颜色相协调的鞋子、袜子和帽子等服饰。

穿着校服在校外的时候应当特别注意自身言行举止，因为你的一言一行都代表了你的学校。

合体，即衣服规格要适合人体的高矮胖瘦。衣着不合体，不仅自己不方便、不舒服，别人看起来也会觉得别扭。

学生的衣着，适当宽松一点较为适宜，不但方便运动，也有利于身体健康发育。学生不宜穿紧身的内外衣物。

冬天的衣物一定要保暖，不要因为害怕臃肿而不穿棉衣，这样容易受凉生病。

▼ **本课要点**

1. 背诵《邹忌讽齐王纳谏》画线部分。

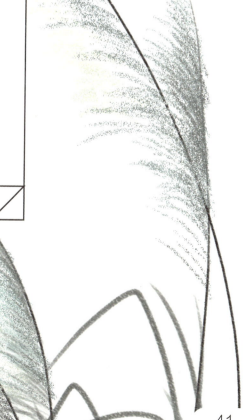

# 《战国策》选讲

《战国策》是一部国别体史书，又称《国策》。记载了东周、西周及秦、齐、楚、赵、魏、韩、燕、宋、卫、中山各国之事，记事年代起于战国初年，止于秦灭六国，约有 240 年的历史。内容主要记述了战国时期的游说之士的政治主张和言行策略。本书展示了东周战国时代的历史特点和社会风貌，是研究战国历史的重要典籍。作者不详，由西汉刘向编定、命名，并沿用至今。

### 触龙说赵太后

赵太后刚刚掌权，秦国就加紧进攻赵国。赵太后向齐国求救。齐国说："一定要用长安君作为人质，才出兵。"赵太后不同意，大臣们极力劝谏。太后明白地对身边近臣说："有再说让长安君为人质的，我一定朝他脸上吐唾沫！"

触龙对太后侍臣说，希望拜见太后。太后怒气冲冲地等着他。触龙走入殿内就用快走的姿势慢慢地走着小步，到了太后面前道歉说："老臣的脚有毛病，不能快走，很长时间没能来拜见您了。我私下原谅了自己，但是又怕太后的贵体有什么不适，所以想来看望您。"太后说："我也是脚有毛病，全靠坐车走动。"触龙说："您每天的饮食该不会减少吧？"太后说："就喝点粥罢了。"触龙说："老臣近来特别不想吃东西，还是强迫自己走走，每天走三四里，稍微增加了点食欲，身体也舒适些了。"太后说："我做不到像您那样。"太后的脸色稍微和缓了些。

触龙说："犬子舒祺，年龄最小，不成器；可是臣已衰老，私心又疼爱他，希望您能让他补充黑衣卫士的人数，来保卫王宫。我冒着死罪来禀告太后！"太后说："答应您！年龄多大了？"触龙回答："十五岁了。虽然还小，但想趁我未

死之前来托付给您。"太后说："男人也疼爱小儿子吗？"触龙回答："比妇人爱得厉害些。"太后笑着说："妇人更厉害。"触龙回答："老臣认为您疼爱燕后超过爱长安君。"太后说："您错了，不像疼爱长安君那样厉害。"触龙说："父母爱子女，就要为他们考虑得长远些。您送燕后出嫁时，她上了车还握着她的脚后跟为她哭泣，惦念、伤心她的远嫁，这也够伤心的了。送走以后，不是不想念她了；但每逢祭祀您一定为她祈祷，祈祷说：'千万不要被赶回来啊。'这难道不是从长远考虑，希望她有子孙相继为王吗？"太后说："是这样。"

触龙说："从现在算起往上推三代，一直到赵氏建立赵国的时候，赵王的子孙凡被封侯的，他们的子孙还有能继承爵位的吗？"太后说："没有。"触龙又问："不仅是赵国，其他诸侯国君被封侯的子孙的后继人有还在的吗？"太后说："我没有听说过。"触龙说："他们当中祸患来得早的就会降临到自己头上，祸患来得晚的就降临到子孙头上。难道国君的子孙就一定不好吗？根本的原因是他们地位高贵却没有功勋，俸禄优厚却没有劳绩，而且拥有的贵重宝器太多了啊！现在您把长安君的地位提得很高，并且把肥沃的土地封给他，还

给他很多贵重的宝器，却不趁现在让他有功于国，一旦您百年之后，长安君凭什么在赵国立身呢？老臣认为您为长安君考虑得太短浅，所以认为您对长安君的爱不如燕后。"太后说："您说得对。任凭您指派他吧！"

于是为长安君备车一百乘，到齐国去作人质。之后，齐国出兵。

### 邹忌讽齐王纳谏

邹忌身高八尺有余，而且外貌形象光艳美丽。有一天早晨他穿戴好衣帽，照着镜子，对他的妻子说："我与城北的徐公相比，谁更美丽呢？"他的妻子说："当然是您美了，徐公怎么能比得上您呢！"城北的徐公，是齐国的美男子。邹忌不相信自己会比徐公美丽，于是又问他的小妾说："我和徐公相比，谁更美丽？"妾说："徐公怎么能比得上您呢？"第二天，有客人从外面来拜访，邹忌和他坐着谈话。邹忌问客人："我和徐公相比，谁更美？"客人说："徐公不如您美啊。"

又过了一天，徐公前来

拜访，邹忌仔细地端详他，觉得自己不如他美丽；再照着镜子看看自己，更觉得远远比不上人家。晚上，他躺在床上休息时想这件事，他终于想明白了：**"吾妻之美我者，私我也；妾之美我者，畏我也；客之美我者，欲有求于我也。"**

于是邹忌上朝拜见齐威王，说："我知道自己不如徐公美丽。可是我的妻子偏爱我，我的妾惧怕我，我的客人对我有所求，他们都认为我比徐公美丽。如今的齐国，土地方圆千里，有一百二十座城池，宫中的姬妾和身边的近臣，没有不偏爱大王的；朝廷中的大臣，

没有不惧怕大王的；国内的百姓，没有不对大王有所求的。由此看来，大王受蒙蔽一定很厉害了。"齐威王说："好。"于是下令："所有的大臣、官吏、百姓，能够当面批评我的过错的，可得上等奖赏；能够上书劝谏我的，得中等奖赏；能够在众人集聚的公共场所指责、议论我的过失，并能传到我耳朵里的，得下等奖赏。"政令刚一下达，所有大臣都来进献谏言，宫门庭院就像集市一样喧闹。几个月以后，

有时偶尔还有人进谏。一年以后，即使想进言，也没有什么可说的了。

燕、赵、韩、魏等国听说了这件事，都到齐国来朝见齐威王。这就是身居朝廷，不必用兵就战胜了敌国。

# 第十二课
# 先秦诸子（说理）散文一

## 仪容清洁

仪容，就是个人的外貌，包括发型、面容以及暴露在外的肌肤。我们很难改变自己的相貌和身材，但是只要我们注意自己的仪容，每个人都能使自己展现出青春的风采。

保持仪容清洁，特别是头发、面部、口腔、脖颈、手脚、肘膝等部位。头发要及时修剪保持干净、利落、柔顺；脸要洗净，眼角和鼻孔不要留有分泌物，洗脸时要同时清洗脖颈和耳后；胡须较多的男生要经常修剪，不要满脸胡茬；必须保持口腔清洁，避免口腔异味，避免牙齿上留有残渣；及时修剪指甲和趾甲，指甲缝中不能有黑垢，保持手、脚、肘、膝部清洁。

要常洗澡、勤换衣，特别是在夏季或运动之后，不能让自己的身体散发出异常的味道。

## ▼ 本课要点

1. 识记"儒""道""墨""法"四家代表人物及相关思想。
2. 背诵《论语》六则。
3. 识记重点字词含义。

## 诸子散文

春秋战国时期，人们的思想非常活跃，出现了很多流派，如儒家、道家、法家、墨家、阴阳家、纵横家、农家、杂家、小说家等。其中最重要的是儒家、墨家、法家和道家。各个流派的代表人物为了传播自己的政治主张和思想倾向，纷纷著书立说，形成了"百家争鸣"的局面，这些著作被称为"诸子（说理）散文"。

## 孔子

孔子（前551—前479）名丘，字仲尼，春秋时期鲁国陬邑（今山东曲阜）人，先祖为宋国贵族。中国古代的思想家，教育家、儒家学派的创始人。孔子被认为是当时社会最博学的人之一，被后世统治者尊为孔圣人、至圣、至圣先师、万世师表。

主要流派代表人物信息简表

| 流派 | 代表人物 | 名字 | 时期 | 国别 | 核心思想或主张 |
|---|---|---|---|---|---|
| 儒家 | 孔子 | 孔丘 | 春秋 | 鲁国 | 仁 |
| | 孟子 | 孟轲 | 战国 | 鲁国 | 民为贵，君为轻 |
| | 荀子 | 荀况 | 战国 | 赵国 | 人定胜天 |
| 墨家 | 墨子 | 墨翟 | 战国 | 宋国 | 兼爱、非攻 |
| 法家 | 韩非子 | 韩非 | 战国 | 韩国 | 中央集权、法治 |
| 道家 | 老子 | 李耳 | 春秋 | 陈国 | 无为 |
| | 庄子 | 庄周 | 战国 | 宋国 | 淡泊名利 |

注：《论语》为孔子弟子及其再传弟子整理编辑孔子及其弟子的语录而成。

# 儒家散文

### 《论语》六则

子曰："德不孤，必有邻。"

子曰："三军可夺帅也，匹夫不可夺志也。"

子曰："见贤思齐焉，见不贤而内自省也。"

子贡问曰："有一言而可以终身行之者乎？"
子曰："其恕乎，己所不欲，勿施于人。"

子曰："学而时习之，不亦说乎？有朋自远方来，不亦乐乎？人不知而不愠，不亦君子乎？"

子曰："学而不思则罔，思而不学则殆。"

# 第十三课
# 先秦诸子（说理）散文二

## 同学交往礼仪

与同学交往要学会使用"请""你好""谢谢""对不起""没关系""别客气""再见"等礼貌用语。

同学间相见要互相问候、招呼或点头。

与同学说话语调要平和，听同学说话要专心，不轻易打断别人的话。

向同学请教问题，问前要用谦语，问后要道谢。

不给同学取绰号，要主动帮助有困难的同学。

## ▼ 本课要点

1. 背诵《生于忧患，死于安乐》。
2. 识记重点字词含义。

# 诸子散文

## 生于忧患，死于安乐
（选自《孟子》）

　　舜发于畎亩之中，傅说举于版筑之间，胶鬲举于鱼盐之中，管夷吾举于士，孙叔敖举于海，百里奚举于市。故天将降大任于是人也，必先苦其心志，劳其筋骨，饿其体肤，空乏其身，行拂乱其所为，所以动心忍性，曾益其所不能。

　　人恒过，然后能改；困于心，衡于虑，而后作；征于色，发于声，而后喻。入则无法家拂士，出则无敌国外患者，国恒亡。然后知生于忧患而死于安乐也。

### 染丝

（选自《墨子·所染》）

　　子墨子言，见染丝者而叹曰："染于苍则苍，染于黄则黄。所入者变，其色亦变。五入必，而已则为五色矣。故染不可不慎也。"非独染丝然也，国亦有染。

### 郑人买履

（选自《韩非子·外储说左上》）

　　郑人有欲买履者，先自度其足，而置之其坐。至之市，而忘操之。已得履，乃曰："吾忘持度。"反归取之。及反，市罢，遂不得履。人曰："何不试之以足？"曰："宁信度，无自信也。"

## 望洋兴叹

（选自《庄子·秋水》）

　　秋水时至，百川灌河；泾流之大，两涘渚崖之间不辩牛马。于是焉河伯欣然自喜，以天下之美为尽在己。顺流而东行，至于北海，东面而视，不见水端。于是焉河伯始旋其面目，望洋向若而叹曰："野语有之曰：'闻道百，以为莫己若'者，我之谓也。且夫我尝闻少仲尼之闻而轻伯夷之义者，始吾弗信；今我睹子之难穷也，吾非至于子之门则殆矣，吾长见笑于大方之家。"

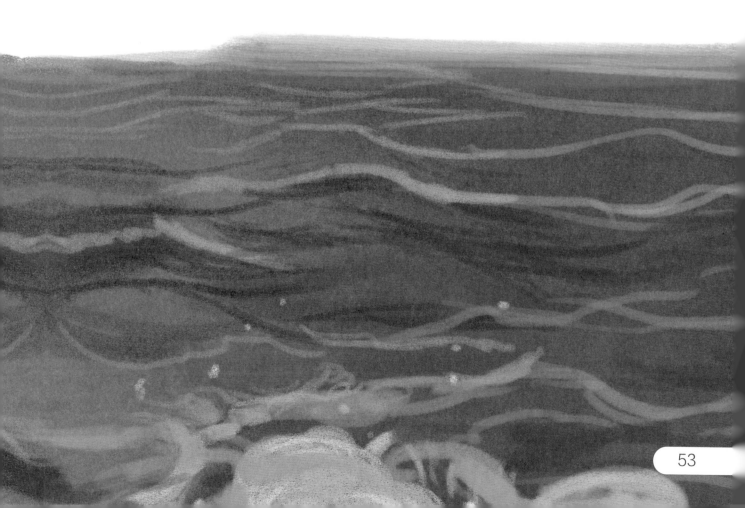

# 第十四课
# 屈原和楚辞

## 传递正能量

微笑，能够传递人的善意、友好和魅力。微笑是拉近彼此距离，消除陌生、拘束感最简单的工具。真正的微笑源自内心，我们要真心地尊重对方、善待对方，这样对方才能感觉到我们的真诚。微笑时，应当自然大方，露出 6~8 颗牙齿。所以保持牙齿的干净卫生也是很重要的。

微笑时，应当正视对方的眼睛，流露出真情和友好。

微笑应当伴随与人交往的全程，而不是仅仅在相见的片刻。长久的微笑才能给人深刻的印象，也更容易赢得对方充分的信任。

▼ **本课要点**

1. 了解屈原生平。
2. 认识《楚辞》和楚辞文体。

# 屈原生平

屈原（约前340—约前278），战国末期楚国人，芈姓，屈氏，名平，字原。出生于楚国丹阳（今湖北宜昌秭归）。屈原是中国最早的浪漫主义诗人，中国文学史上第一位留下姓名的伟大的爱国诗人。

春秋时期，屈原受到楚怀王的信任，作为楚怀王的左徒，对内同楚怀王商议事务，发布命令；对外接待宾客，应对诸侯。但当时楚国内部存在"亲秦"与"亲齐"两派，前者以怀王的幼子子兰等楚国贵族为代表，后者以屈原为代表。后来屈原被上官大夫靳尚陷害，被贬为三闾大夫。

怀王十五年（前304年），秦王派张仪到楚国游说，子兰、上官大夫靳尚和楚怀王的宠妃郑袖等人，受了秦国使者张仪的贿赂，不但阻止怀王接受屈原的意见，并且用计使怀王疏远了屈原。

屈原反对楚怀王与秦国订立盟约，但是楚国还是彻底投入了秦国的怀抱，屈原被楚怀王逐出郢都，开始了流放生涯。结果楚怀王在其子子兰等人的极力怂恿下被秦国诱去，囚死于秦国。

楚顷襄王即位后，屈原继续受到迫害，再次被流放。公元前278年，秦国大将白起带兵南下，攻破了楚国国都，屈原的政治理想破灭，对前途感到绝望，虽有心报国，却无力回天，只得以死明志，就在同年五月怀恨投汨罗江自杀殉国。

后人为了纪念屈原，将每年的农历五月初五定为端午节，在这一天，大家赛龙舟、吃粽子。

# 楚辞

楚辞，是战国后期以屈原为代表的诗人在楚国民歌基础上开创的一种新诗体。这种诗体具有浓厚的地域文化色彩，如宋人黄伯思所说："皆书楚语，作楚声，纪楚地，名楚物。" 西汉末期，刘向辑录屈原、宋玉等人的作品，书名即题作《楚辞》。《楚辞》是我国第一部浪漫主义诗歌总集。此外，由于屈原的《离骚》是《楚辞》的代表作，所以楚辞又被称为"骚"或"骚体"。

《离骚》是《楚辞》的代表作，是中国最早的长篇抒情诗，表现了诗人坚持"美政"的理想，抨击黑暗现实，不与邪恶势力同流合污的斗争精神和至死不渝的爱国热情。后人从《诗经·国风》中取"风"字，从《楚辞·离骚》中取"骚"字，组成"风骚"一词，代指文学作品。可见《离骚》的影响之大。

屈原的作品既植根于现实，又富于幻想色彩。诗中大量运用古代神话和传说，通过极其丰富的想象和联想，并采取铺张描述的写法，把现实人物、历史人物、神话人物交织在一起，构成了瑰丽奇特、绚烂多彩的幻想世界，从而产生了强烈的艺术魅力。诗中又大量运用"香草美人"的比兴手法，把抽象的意识品性、复杂的现实关系生动形象地表现出来。

屈原流传的作品有 25 篇，即《离骚》1 篇，《天问》1 篇，《九歌》11 篇，《九章》9 篇，《远游》《卜居》《渔父》各 1 篇。据《史记·屈原列传》司马迁语，还有《招魂》1 篇。有些学者认为《大招》也是屈原作品，但也有人怀疑《远游》以下诸篇及《九章》中若干篇章并非出自屈原手笔。

# 第十五课
# 屈原相关作品赏析

## 待客礼仪

　　招待客人，是对一家人礼仪的考验，中国是礼仪之邦，十分重视对客人的热情招待，可如果掌握不好分寸，就会出现尴尬的场面。

　　主动出门迎接客人，在带领客人到房间的过程中，应当聊一些寒暄的话。

　　向外开门的，主人握住门把手，请客人先进入；向内开门的，自己先进入，侧身挡住门把手，请客人进入。

　　客人到房间后，应当请客人尽快落座。

　　及时为客人沏茶倒水，如果有未成年人，可以为其准备饮料。

　　事先应当准备好糖果、点心等食物招待客人。

　　冬天房间里有暖气的话，要帮助客人摆放好脱下来的棉衣。

　　如果有小朋友的话，可以为其找一些玩具。

▼ **本课要点**

1. 背诵《九歌·山鬼》。
2. 熟读《渔父》。

## 九歌·山鬼

若有人兮山之阿，被薜荔兮带女萝。既含睇兮又宜笑，子慕予兮善窈窕。乘赤豹兮从文狸，辛夷车兮结桂旗。被石兰兮带杜衡，折芳馨兮遗所思。余处幽篁兮终不见天，路险难兮独后来。

表独立兮山之上，云容容兮而在下。杳冥冥兮羌昼晦，东风飘兮神灵雨。留灵修兮憺忘归，岁既晏兮孰华予？采三秀兮于山间，石磊磊兮葛蔓蔓。怨公子兮怅忘归，君思我兮不得闲。

山中人兮芳杜若，饮石泉兮荫松柏，君思我兮然疑作。雷填填兮雨冥冥，猨啾啾兮狖夜鸣。风飒飒兮木萧萧，思公子兮徒离忧。

## 渔父

（选自《史记》）

屈原既放，游于江潭，行吟泽畔，颜色憔悴，形容枯槁。渔父见而问之曰："子非三闾大夫与？何故至于斯？"屈原曰："举世皆浊我独清，众人皆醉我独醒，是以见放。"

渔父曰："圣人不凝滞于物，而能与世推移。世人皆浊，何不淈其泥而扬其波？众人皆醉，何不餔其糟而歠其醨？何故深思高举，自令放为？"

屈原曰："吾闻之，新沐者必弹冠，新浴者必振衣；安能以身之察察，受物之汶汶者乎？宁赴湘流，葬于江鱼之腹中。安能以皓皓之白，而蒙世俗之尘埃乎？"

渔父莞尔而笑，鼓枻而去，乃歌曰："沧浪之水清兮，可以濯吾缨；沧浪之水浊兮，可以濯吾足。"遂去，不复与言。

# 秦汉文学

QINHAN WENXUE

CLASSICAL
LITERATURE

九州文学系列教程❶

九州少年文学常识

# 第一课
# 秦汉历史之大秦帝国

## 举止稳重

在学习和生活中，无论做什么事，我们都应沉着稳重。当行则行、当立则立、当止则止、当静则静、当让则让，一切举止都要考虑具体的场合和气氛，做到适时、适度、得体。

在庄重肃穆的集会中，突然做出滑稽动作或开玩笑，这是不合时宜的，会令人反感。上课时，急切地希望老师予以批准而高举手臂、跃然于座、大声叫喊，这就显得有些过分。参加讨论或宴会，滔滔不绝、高谈阔论、喧宾夺主，甚至反客为主，这就很不得体。

▼ **本课要点**

1. 识记秦始皇为巩固统治采取的各项措施。
2. 熟悉秦始皇的功与过。
3. 了解陈胜吴广起义的相关内容。

# 铁器的使用和封建社会

早在春秋时期，我国已经出现了铁器。

战国时代，铁这种容易炼制的金属被广泛运用到农业当中，铁制农具在七国当中流行，牛耕技术也得到了广泛的推广，农业生产效率获得了极大的提高，更多的荒地被开垦成良田，开始有奴隶主把新开垦的田地出租给平民。

于是，奴隶主开始转变为封建地主，租种土地的人变成了农民。我国封建社会即将开始。

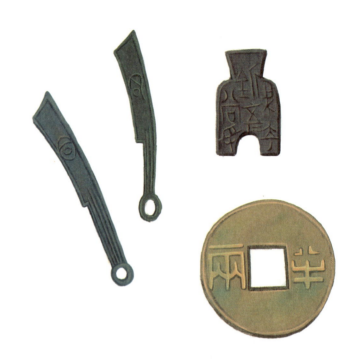

# 秦统一六国和中央集权统治的建立

公元前221年，经过"商鞅变法"逐渐走向强大的秦国终于灭掉东方六国，建立了我国历史上第一个统一的中央集权封建制国家秦朝，定都咸阳。

为了适应新的形势，维护统一的局面，秦始皇创立了一套相对完备而又影响深远的集权制度。

秦王把"皇"和"帝"连起来，自称皇帝，自比"功过三皇，德高五帝"。皇帝拥有至高的统治权，总揽全国一切军政大事。中央政府设丞相、太尉、御史大夫，分别掌管行政、军事和监察，最后的决断权由皇帝掌控。在地方上，推行郡县制，分天下为36郡，后增至40多郡，郡下设县。郡县的长官都是由朝廷直接任免。

郡县制取代了分封制，引起了原来六国贵族的不满，但却是以后的历史趋势，在我国历史上影响深远。

## 巩固统一的措施

战国时期，各国货币、度量衡和文字的差别很大，严重影响了各地间的经济文化交流。秦朝统一天下后，规定在全国使用圆形方孔钱；同时，统一度量衡，对长度、容量和重量全部作出了统一的规定。

秦朝还统一了文字，把小篆作为全国规范的文字，废除了原来六国的文字。

秦朝的种种举措维护了国家统一，促进了地区交流，但这些举措使原六国贵族及文人极为不满，加上秦始皇征发的繁重徭役，原六国地区出现很多反抗势力。

为了加强思想控制，秦始皇接受李斯的建议，继续实行"法家"治国方略，发布强制性"焚书令"，规定除政府外，民间只能留下有关医药、占卜和种植的书籍，其他书籍要全部烧掉；谈论儒家诗书的人都要处死刑，将部分谈论恢复分封制或反对帝国法令的儒家学生"活埋"。这就是历史上的"焚书坑儒"。

## 人民负担沉重

为了北方的安定，维护国家的统一，秦始皇对北方游牧民族匈奴采取积极防御政策，征集民夫修筑从咸阳直通北方的"秦直道"以方便运输，指派大将蒙恬北击匈奴，夺取了河套地区，设立九原郡，并把内地的居民移居到那里垦田戍边。后又命蒙恬修筑了西起临洮、东至辽东的长城，蜿蜒万里有余，用来抵御匈奴，这就是闻名中外的万里长城。

同时，阿房宫、骊山陵墓、灵渠及全国性"驰道"等浩大工程建设也在进行，百姓在繁重的徭役、沉重的赋税和严酷的刑罚下苦不堪言，反抗之势愈演愈烈。

## 陈胜吴广起义和秦朝的灭亡

公元前 210 年，秦始皇在巡游路上亡故，胡亥即位，称秦二世。二世更加残暴，他登基后宦官赵高把持朝政，政治黑暗。

公元前 209 年，九百多名穷苦农民被征发到渔阳戍边。他们走到安徽大泽乡遇上连日大雨冲毁了道路，不能按期到达。按照秦帝国法令，未能及时到达要被处斩。农民首领陈胜和吴广，设计杀死了押送的军官，号召大家起义反抗暴秦。

陈胜吴广起义是中国历史上第一次农民起义，虽最终被秦军镇压，但严重动摇了秦朝的统治，浩荡的秦末农民起义拉开了序幕。

陈胜吴广起义后，项羽和刘邦领导的农民起义势力不断扩大，推翻秦朝的斗争不断持续。公元前 207 年，项羽率军在巨鹿之战中破釜沉舟，大败秦军主力；另一方面，刘邦率军直逼咸阳，秦朝统治者向刘邦投降，秦朝灭亡。

# 第二课
# 秦汉历史之两汉风云

## 行走礼仪

走路时要抬头挺胸，目视前方，肩臂自然摆动，步速适中，忌八字步、摇摇晃晃、扭捏碎步。

上下楼、过楼道靠右行，出入教室、办公室、会场等按指定线路走，不拥挤，出入各功能室轻声慢步，不影响他人。

遇到熟人要打招呼，互致问候，不能视而不见；需要交谈，应靠路边或到角落谈话，不能站在道路当中或人多拥挤的地方。

行人互相礼让，主动给长者让路，主动给残疾人和有需要的人士让路。

人多时，不可争抢电梯。乘电梯时，如果电梯里面有人，则须先出后进；如果电梯里面没有人，则自己先进入，然后按住开门按钮请长者或客人后进入；到达后请长者或客人先出电梯。不在电梯内使用手机或大声交谈。

▼ **本课要点**

1. 识记两汉概况。
2. 了解丝绸之路的起止点。
3. 了解和亲政策。

# 大汉初建

秦亡，刘邦率军进入咸阳，严格约束士兵，与百姓约法三章，对关中地区百姓秋毫不犯，赢得了民心。而项羽随后进入咸阳，大肆杀戮，火烧宫殿。刘邦和项羽为了争夺天下统治权，进行了长达四年的战争，史称"楚汉之争"。

最后，刘邦在萧何、张良、韩信等人的帮助下，取得垓下之战的胜利，项羽乌江自刎。

公元前202年，刘邦建立汉朝，定都长安，史称"西汉"，刘邦就是汉高祖。

西汉初年，经过连年征伐，百姓生活惨淡，经济萧条，田地荒芜。为了巩固政权和稳定社会局势，汉高祖刘邦减轻赋税、实行分封制与郡县制并行的办法，缓和了社会矛盾。

到了汉文帝和汉景帝时期，继续吸取秦亡的教训，休养生息，对外采取和亲政策，对内减轻农民的徭役、赋税，注重发展农业生产，使百姓生活富足，社会出现繁荣局面，史上称"文景之治"。

# 汉武帝大一统

汉武帝刘彻承接"文景之治"，从思想、经济、军事各方面采取多种措施加强中央集权。颁布"推恩令"，削减并取缔汉朝初年分封的各个诸侯王。汉武帝采纳名臣董仲舒的建议，"罢黜百家、独尊儒术"，把儒家思想作为国家正统思想、推行儒学教育，在长安设太学。太学是我国古代传授儒家经典的最高学府之一。

军事方面，汉武帝主动派兵北击匈奴，取得了辉煌的军事胜利，并设立西域都护府，将西域地区纳入中央管辖。

汉武帝在位时期，西汉实现了政治、文化大一统局面，进入了鼎盛时期。

## 东汉统治

西汉后期，皇室外戚权力不断扩大，公元 9 年，外戚王莽发动政变夺取皇权，建立"新朝"。王莽在位期间，为了缓解社会矛盾，增强个人威望，推行了"新政"，史称"王莽改制"，但"新政"中很多律令不符合当时的国情，加上推行措施不当，导致百姓"未受其恩，反受其害"，激起人民反抗。

不久王莽政权就被农民起义推翻，王莽的新朝只存在了 15 年。

公元 25 年，西汉皇族刘秀借助起义军的力量在洛阳称帝，国号仍为汉，史称东汉。刘秀就是汉光武帝。为了使社会安定下来，光武帝多次下令减轻农民的徭役负担，惩处贪官污吏。到光武帝末年，社会安定，经济状况明显好转，历史上称这一时期为"光武中兴"。

东汉中后期，外戚和宦官交替专权，政治日渐腐败，地方豪强却趁机壮大自己的势力，农民生活再度陷入困苦，最终造成了东汉末年群雄割据、逐鹿中原的局面。

## 北方局势

先秦时期，匈奴住在蒙古草原，过着逐水草而居的游牧生活。秦汉之际匈奴杰出首领冒顿单于第一次统一了北方草原，建立起强大的国家。其后，匈奴人趁着汉初国力虚弱夺取了河套地区，并不断骚扰边界百姓，对蒸蒸日上的汉王朝造成持续威胁。

公元前 119 年，汉武帝派大将卫青和霍去病，北击匈奴。

卫青的部队在漠北同匈奴主力遭遇，经过激战，汉军大胜，从此，匈奴进入衰落时期，再也无力对抗汉朝。

公元 1 世纪，匈奴内部分裂，彼此攻伐不休，其中一部的首领呼韩邪单于向汉朝称臣，同汉朝订立了友好盟约。汉元帝时期，呼韩邪单于入朝请求和亲。宫女王昭君亲自请求前往，这就是历史上著名的"昭君出塞"此后，汉匈之间维持了半个多世纪的安定。

# 丝绸之路

西域，是指现在甘肃玉门关和阳关以西，即新疆和哈萨克斯坦地区的广袤地域，汉武帝之前，那里分布着许多小国家，其中一些国家被匈奴控制和奴役。

公元前 138 年，汉武帝派张骞出使西域，计划联络被匈奴人欺凌的大月氏国共同夹击匈奴。但是张骞在中途被匈奴人抓住并扣留，十年之后，他设法逃脱，终于到达大月氏国。但这时候的大月氏已经不想和匈奴交战。张骞回到长安，向汉武帝汇报了他在西域的经历和见闻，传达了西域许多国家希望与汉朝往来的意愿。

公元前 119 年，张骞第二次出使西域，这次他携带了大量的牛羊、丝绸，访问了西域的许多国家。这些国家也派使节回访汉朝，双方往来日益频繁。

其后西域各国先后归附汉朝，公元前 60 年，西汉设立西域都护府，管理西域事务。此后，现在的新疆地区开始隶属于中央政府管辖，成为我国不可分割的一部分。

在张骞之后，汉朝和西域各国的使者、商人往来密切。他们把中国的丝绸通过河西走廊、西域运往西亚和欧洲，再把西方各国的特产输入中国。这条沟通中西交流的通道就是历史上著名的"丝绸之路"。

# 第三课
# "两汉文章两司马"

## 勤做家务

作为家庭中的一员，做家务是每个同学必须养成的习惯。

早起时要整理床被、衣物。

晚上倒垃圾是简单易做的事。

清理自己的房间，保持房间的整洁有序。

清理客厅和厨房。

坚持做家务。

## ▼ 本课要点

1. 了解"汉赋"相关含义及其代表作品。
2. 识记司马迁生平。
3. 掌握《史记》内容分类。
4. 复述鸿门宴故事。

## 秦汉文学

　　秦始皇统一天下后，推行极端严酷的思想统治，实行了"焚书坑儒"的政策，这对文化的发展极其不利。因此，秦朝的文学作品乏善可陈，鲁迅先生曾说："秦之文章，李斯一人而已。"

　　李斯（？—前208），字通古。战国末期楚国上蔡（今河南上蔡）人。秦代著名的政治家、文学家和书法家。秦始皇时期曾任秦国宰相，代表作有《谏逐客书》。

　　汉代主要文学成就包括散文、诗歌、汉赋。

汉代散文著名作家当属贾谊，一篇《过秦论》将秦帝国兴盛时的天下无敌和灭亡时的不堪一击分析得淋漓尽致。

诗歌方面，汉乐府匠心独运，凭借高超的叙事技巧和灵活多变的体制成为古代诗歌继《诗经》和"楚辞"后的新范本。

汉赋是一种新兴的文体，集《诗经》、"楚辞"、先秦散文等诸多种文体的特点，形成了一种容量宏大且颇具表现力的综合型文学样式。

## 汉赋名家司马相如

司马相如（约前179—前118），字长卿，汉族，蜀郡成都（今四川成都）人，西汉辞赋家，中国文学史上杰出的代表。司马相如曾邂逅才女卓文君，有着一段浪漫的爱情故事，在民间广为流传。

汉武帝时期司马相如入朝为官，其代表作品为《子虚赋》《上林赋》。赋中假设楚国的子虚和齐国的乌有先生互相夸耀，最后又大肆宣讲汉天子上林苑的壮丽及天子射猎的盛举，以压倒齐楚，表明诸侯之事不足道。

作品辞藻富丽，结构宏大，使他成为汉赋的代表作家，后人称之为"赋圣"。

# 司马迁

司马迁（约前145或前135—?），字子长，夏阳（今陕西韩城南）人。西汉伟大的史学家、文学家、思想家。

司马迁20岁时，在父亲司马谈的支持下开始游历天下，对许多历史事件进行了实地考察，为史书的撰写积累了材料。汉武帝元封元年（公元前110年），司马谈逝世，把自己著述史书的愿望留给司马迁。司马迁子承父志，开始撰写史书，之后随汉武帝游历了齐鲁等地，开阔了眼界和胸襟，更重要的是使他接触到广大人民的生活，体会到老百姓的思想感情和愿望，为之后《史记》的创作提供了很大助力。

汉武帝天汉二年（前99年），司马迁因卷入李陵事件，得罪了汉武帝，被处以宫刑。这给司马迁的身心带来极大的侮辱和摧残，但他忍辱负重，最终完成了传世巨著《史记》。

# 《史记》故事选讲

## 鸿门宴

项羽大破秦军后，听说刘邦已入咸阳，非常恼火，就攻破函谷关，直抵鸿门。这时刘邦的左司马曹无伤暗中派人告诉项羽说刘邦想在关中称王。项羽听了，更加恼怒，决定第二天发兵攻打刘邦。

张良向刘邦分析，不宜和项羽硬拼，刘邦只得退出咸阳，回师霸上，知道自己军力不及项羽的四十万大军，刘邦更把在咸阳所得一切，原封不动地送到项羽营中，说愿让项羽称关中王。谋士范增已觉出刘邦必成大器，便劝项羽设下"鸿门宴"，一心诛除刘邦，但此事被项伯知道，项伯顾念和张良的故人之情，向刘邦大军报信。刘邦知道这鸿门宴是去不得的凶险之地，但张良却表示，不去便只有死路一条，赴会也许能有生机，刘邦无奈只得应约前往。

鸿门宴当日，范增早已布下天罗地网，定要把刘邦人头留下，谁知刘邦竟以一跪化解了项羽之怨恨，范增便再命项庄舞剑，一心要在席中把刘邦刺死，可是还是被项伯和樊哙解了围，刘邦最后借上厕所的机会逃遁而去。

# 《史记》概说

　　《史记》是中国历史上第一部纪传体通史，被列为"二十四史"之首，记载了上自上古传说中的黄帝时代，下至汉武帝时期共 3000 多年的历史，被鲁迅先生评价为"史家之绝唱，无韵之离骚"。

《史记》全书包括：
十二本纪，记载历代帝王政绩、朝代概况；
三十世家，主要记载诸侯国兴亡、历史名人传记；
七十列传，记载重要人物（大臣）的言行事迹；
十表，人物、事件年表；
八书，记载各种典章制度、天文水利；
共 130 篇。

# 第四课
# 汉乐府民歌一

## 做客礼仪（一）

去亲友家做客要仪表整洁，尽可能带些小礼品，以表示对主人的尊重。

在亲友家，不能大声说话，要谈吐文明。

不经主人允许，不可随意动用主人家里的东西，即便是至亲好友也应先打招呼，征得主人同意后才能动用。

在主人家用餐，要注意用餐礼仪，不能抢先入座，不能先动筷子。

告别时，要说感谢的话，如"今天真高兴""欢迎到我家去"。

▼ **本课要点**

1. 了解乐府诗的产生渊源及特点。

2. 背诵《大风歌》《上邪》《十五从军征》《东门行》《上山采蘼芜》。

# 乐府

在《诗经》和"楚辞"之后，两汉乐府诗成为中国古代诗歌史上又一壮丽景观，乐府为汉代宫廷音乐管理机构名称。公元前 112 年，汉武帝扩充乐府，由宫廷大乐师李延年掌管，司马相如也在其中供职，其任务是收集编纂各地民间音乐、整理改编与创作音乐、进行演唱及演奏等。

因为乐府诗大多来自民间，因此具备了民间特色，通俗易懂，又反映现实生活，将个人的苦与乐、爱与恨都深刻地表现出来。

魏晋南北朝时期，两汉的乐府诗流传于天下，"乐府"也成为一种带有音乐性的诗体名称。

唐朝，白居易和元稹发起了"新乐府运动"。主张恢复古代的采诗制度，发扬《诗经》和汉魏乐府讽喻时事的传统。唐朝以前的乐府诗歌被称作"古乐府"，唐朝以后的乐府被称作"新乐府"。

## 大风歌

大风起兮云飞扬,

威加海内兮归故乡,

安得猛士兮守四方。

## 上邪

上邪!我欲与君相知,长命无绝衰。

山无陵,江水为竭,冬雷震震,夏雨雪,天地合,乃敢与君绝!

## 十五从军征

十五从军征,八十始得归。

道逢乡里人,家中有阿谁?

遥看是君家,松柏冢累累。

兔从狗窦入,雉从梁上飞。

中庭生旅谷,井上生旅葵。

舂谷持作饭,采葵持作羹。

羹饭一时熟,不知贻阿谁?

出门东向看,泪落沾我衣。

# 第五课
# 汉乐府民歌二

## 做客礼仪（二）

应当按照主人邀请时约定的时间前往，不要早到太久，更不要迟到。

外出做客前不能吃葱、蒜、韭菜等食物，确保口腔清洁无异味。

不要未经请示就私自带领他人一同前往做客，以免给主人带来不便。敲门声音要轻，不要在人家楼道里大声喧哗。如是长辈开门，要鞠躬问好。如是朋友开门，应致以问候。在整个做客过程中，都要面带微笑。进门后应主动要求换鞋。就座姿势应当谦虚谨慎，不要大大咧咧仰卧在沙发上。

主人提供的茶饮、糖果和点心应当稍尝即可，不要连续不停地吃。

未经允许或邀请，不能进入主人家的卧室，更不能随意上床。未经允许不能随意摆弄或打开主人家的物品、设施，如电视、冰箱、电脑、衣柜、抽屉等。

陪同父母前去做客，不能在别人家向自己的父母索要礼物，以免对方额外破费。

▼ **本课要点**

1. 背诵两首汉乐府民歌。
2. 识记重点字词含义。

# 《东门行》简介

　　《东门行》是一首汉乐府民歌，描写的是一个城市下层平民，在绝境中被极端穷困所迫不得不拔剑而起走上反抗道路的故事，是汉代乐府民歌中思想最激烈、斗争性最强的一篇作品。

## 东门行

　　出东门，不顾归。来入门，怅欲悲。盎中无斗米储，还视架上无悬衣。拔剑东门去，舍中儿母牵衣啼："他家但愿富贵，贱妾与君共哺糜。上用仓浪天故，下当用此黄口儿。今非！""咄！行！吾去为迟！白发时下难久居。"

# 《上山采蘼芜》简介

　　《上山采蘼芜》是一首写弃妇的诗。全篇是弃妇和故夫偶尔重逢时的一番简短对话。诗中出现了故夫、弃妇和新人三个人物。虽然新人没有出场，但从故夫和弃妇的对话里，可以明显地看出故夫和弃妇久别后再会时互倾衷肠流露出的内心痛苦。

### 上山采蘼芜

上山采蘼芜，下山逢故夫。长跪问故夫，新人复何如？

新人虽言好，未若故人姝。颜色类相似，手爪不相如。

新人从门入，故人从阁去。新人工织缣，故人工织素。

织缣日一匹，织素五丈余。将缣来比素，新人不如故。

# 第六课
# 汉乐府民歌三

## 做客礼仪（三）

与主人告辞时，应当说"再见""请多保重""谢谢款待""打扰您了"等礼貌用语。

与主人告辞时，应当婉言谢绝相送，要说"请您留步""快快请回"。

开车去做客，如果主人送至车旁，客人应尽快开车离开，以免让主人在外面久等。

## ▼ 本课要点

1. 背诵《孔雀东南飞》画线部分。

2. 识记诗中通假字、古今异义字、一词多义等。

# 《孔雀东南飞》简介

　　《孔雀东南飞》是中国第一部长篇叙事诗，共357句，被称作"古今第一长诗"，讲述的是汉朝末年庐江郡焦仲卿与刘兰芝夫妇的婚姻悲剧，歌颂了夫妻二人真挚的感情和反抗精神，该诗是乐府诗发展史上的一个高峰，与《木兰诗》并称为"乐府双璧"。

### 孔雀东南飞

　　序曰：汉末建安中，庐江府小吏焦仲卿妻刘氏，为仲卿母所遣，自誓不嫁。其家逼之，乃投水而死。仲卿闻之，亦自缢于庭树。时人伤之，为诗云尔。

　　孔雀东南飞，五里一徘徊。

　　"十三能织素，十四学裁衣，十五弹箜篌，十六诵诗书。十七为君妇，心中常苦悲。君既为府吏，守节情不移，贱妾留空房，相见常日稀。鸡鸣入机织，夜夜不得息。三日断五匹，大人故嫌迟。非为织作迟，君家妇难为！妾不堪驱使，徒留无所施，便可白公姥，及时相遣归。"

　　府吏得闻之，堂上启阿母："儿已薄禄相，幸复得此妇，结发同枕席，黄泉共为友。共事二三年，始尔未为久，女行无偏斜，何意致不厚？"

　　阿母谓府吏："何乃太区区！此妇无礼节，举动自专由。吾意久怀忿，汝岂得自由！东家有贤女，自名秦罗敷，可怜体无比，阿母为汝求。便可速遣之，遣去慎莫留！"

　　府吏长跪告："伏惟启阿母，今若遣此妇，终老不复取！"

　　阿母得闻之，槌床便大怒："小子无所畏，何敢助妇语！吾已失恩义，会不相从许！"

　　府吏默无声，再拜还入户，举言谓新妇，哽咽不能语："我自不驱卿，逼迫有阿母。卿但暂还家，吾今且报府。不久当归还，还必相迎取。以此下心意，慎勿违吾语。"

　　新妇谓府吏："勿复重纷纭。往昔初阳岁，谢家来贵门。奉事循公姥，进止敢自专？昼夜勤作息，伶俜萦苦辛。谓言无罪过，供养卒大恩；仍更被驱遣，何言复来还！妾有绣腰襦，葳蕤自生光；红罗复斗帐，四角垂香囊；箱帘六七十，绿碧青丝绳，物物各自异，种种在其中。人贱物亦鄙，不足迎后人，留待作遗施，于今无会因。时时为安慰，久久莫相忘！"

　　鸡鸣外欲曙，新妇起严妆。著我绣夹裙，事事四五通。足下蹑丝履，头上玳瑁光。腰若流纨素，耳著明月珰。指如削葱根，口如含朱丹。纤纤作细步，精妙世无双。

　　上堂拜阿母，阿母怒不止。"昔作女儿时，生小出野里，本自无教训，兼愧贵家子。受母钱帛多，不堪母驱使。今日还家去，念母劳家里。"却与小姑别，泪落连珠子。"新妇初来时，小姑始扶床；今日被驱遣，小姑如我长。勤心养公姥，好自相扶将。初七及下九，嬉戏莫相忘。"出门登车去，涕落百余行。

府吏马在前，新妇车在后。隐隐何甸甸，俱会大道口。下马入车中，低头共耳语："誓不相隔卿，且暂还家去；吾今且赴府，不久当还归。誓天不相负！"

新妇谓府吏："感君区区怀！君既若见录，不久望君来。君当作磐石，妾当作蒲苇，蒲苇纫如丝，磐石无转移。我有亲父兄，性行暴如雷，恐不任我意，逆以煎我怀。"举手长劳劳，二情同依依。

入门上家堂，进退无颜仪。阿母大拊掌，不图子自归："十三教汝织，十四能裁衣，十五弹箜篌，十六知礼仪，十七遣汝嫁，谓言无誓违。汝今何罪过，不迎而自归？"兰芝惭阿母："儿实无罪过。"阿

母大悲摧。

还家十余日，县令遣媒来。云有第三郎，窈窕世无双。年始十八九，便言多令才。

阿母谓阿女："汝可去应之。"

阿女含泪答："兰芝初还时，府吏见丁宁，结誓不别离。今日违情义，恐此事非奇。自可断来信，徐徐更谓之。"

阿母白媒人："贫贱有此女，始适还家门。不堪吏人妇，岂合令郎君？幸可广问讯，不得便相许。"媒人去数日，寻遣丞请还，说有兰家女，承籍有宦官。云有第五郎，娇逸未有婚。遣丞为媒人，主簿通语言。直说太守家，有此令郎君，既欲结大义，故遣来贵门。

阿母谢媒人："女子先有誓，老姥岂敢言！"

阿兄得闻之，怅然心中烦。举言谓阿妹："作计何不量！先嫁得府吏，后嫁得郎君，否泰如天地，足以荣汝身。不嫁义郎体，其往欲何云？"

兰芝仰头答："理实

如兄言。谢家事夫婿，中道还兄门。处分适兄意，那得自任专！虽与府吏要，渠会永无缘。登即相许和，便可作婚姻。"

媒人下床去，诺诺复尔尔。还部白府君："下官奉使命，言谈大有缘。"府君得闻之，心中大欢喜。视历复开书，便利此月内，六合正相应。良吉三十日，今已二十七，卿可去成婚。交语速装束，络绎如浮云。青雀白鹄舫，四角龙子幡，婀娜随风转。金车玉作轮，踯躅青骢马，流苏金镂鞍。赍钱三百万，皆用青丝穿。杂彩三百匹，交广市鲑珍。从人四五百，郁郁登郡门。

阿母谓阿女："适得府君书，明日来迎汝。何不作衣裳？莫令事不举！"

阿女默无声，手巾掩口啼，泪落便如泻。移我琉璃榻，出置前窗下。左手持刀尺，右手执绫罗。朝成绣夹裙，晚成单罗衫。晻晻日欲暝，愁思出门啼。

府吏闻此变，因求假暂归。未至二三里，摧藏马悲哀。新妇识马声，蹑

履相逢迎。怅然遥相望，知是故人来。举手拍马鞍，嗟叹使心伤："自君别我后，人事不可量。果不如先愿，又非君所详。我有亲父母，逼迫兼弟兄，以我应他人，君还何所望！"

府吏谓新妇："贺卿得高迁！磐石方且厚，可以卒千年；蒲苇一时纫，便作旦夕间。卿当日胜贵，吾独向黄泉！"

新妇谓府吏："何意出此言！同是被逼迫，君尔妾亦然。黄泉下相见，勿违今日言！"执手分道去，各各还家门。生人作死别，恨恨那可论？念与世间辞，千万不复全！

府吏还家去，上堂拜阿母："今日大风寒，寒风摧树木，严霜结庭兰。儿今日冥冥，令母在后单。故作不良计，勿复怨鬼神！命如南山石，四体康且直！"

阿母得闻之，零泪应声落："汝是大家子，仕宦于台阁。慎勿为妇死，贵贱情何薄！东家有贤女，窈窕艳城郭，阿母为汝求，便复在旦夕。"

府吏再拜还，长叹空房中，作计乃尔立。转头向户里，渐见愁煎迫。

其日牛马嘶，新妇入青庐。奄奄黄昏后，寂寂人定初。"我命绝今日，魂去尸长留！"揽裙脱丝履，举身赴清池。

府吏闻此事，心知长别离。徘徊庭树下，自挂东南枝。

两家求合葬，合葬华山傍。东西植松柏，左右种梧桐。枝枝相覆盖，叶叶相交通。中有双飞鸟，自名为鸳鸯。仰头相向鸣，夜夜达五更。行人驻足听，寡妇起彷徨。多谢后世人，戒之慎勿忘。

# 第七课
# 《古诗十九首》赏析

## 乘车礼仪

上学、放学时要自觉排队候车，注意维持候车地点的整洁，有秩序地上下车。

在校车内不吃东西，文明乘车，自觉保持车厢洁净。

乘坐校车不抢座位，主动给小同学和有困难的同学让座。乘坐公共交通时应主动给老、幼、病、残、孕妇及师长让座。

在车上不做危险动作，注意乘车安全。必须系安全带，哪怕上车只开1米。

车内严禁大声喧哗。

▼ **本课要点**

1. 背诵选篇。
2. 识记诗中通假字、古今异义字、多义词等。

# 《古诗十九首》简介

《古诗十九首》，组诗名，五言诗，为南朝萧统从传世无名氏《古诗》中选录十九首编入《昭明文选》（又称《文选》）而成。《古诗十九首》语言朴素自然，描写生动真切，具有浑然天成的艺术风格。同时，《古诗十九首》所抒发的是人生最基本、最普遍的几种情感和思绪，在五言诗的发展史上有重要地位。

刘勰的《文心雕龙》称它为"五言之冠冕"，钟嵘的《诗品》赞颂它"天衣无缝，一字千金"。

# 《古诗十九首》选读

### 行行重行行

行行重行行，与君生别离。
相去万余里，各在天一涯。
道路阻且长，会面安可知？
胡马依北风，越鸟巢南枝。
相去日已远，衣带日已缓。
浮云蔽白日，游子不顾返。
思君令人老，岁月忽已晚。
弃捐勿复道，努力加餐饭。

### 庭中有奇树

庭中有奇树，绿叶发华滋。
攀条折其荣，将以遗所思。
馨香盈怀袖，路远莫致之。
此物何足贵，但感别经时。

### 迢迢牵牛星

迢迢牵牛星，皎皎河汉女。
纤纤擢素手，札札弄机杼。
终日不成章，泣涕零如雨。
河汉清且浅，相去复几许。
盈盈一水间，脉脉不得语。

# 三国魏晋南北朝文学

SANGUO WEIJIN
NANBEICHAO WENXUE

CLASSICAL
LITERATURE

九州文学系列教程 ①

九州少年文学常识

# 第一课
# 三国魏晋南北朝历史概说一

## 购物礼仪

进入超市购物，要按规定存包，帮助家长拿重物。

购物时，若对已选购的商品感到不满意，应主动将其放回原货架区，不能随意放置。贵重商品应轻拿轻放。

超市内的商品不能随意品尝、试用。

付账时要自觉排队。

对售货员的热情服务要表示感谢。

所有商品都要付账，不要"顺手牵羊"，占小便宜。

## ▼ 本课要点

1. 熟悉三国两晋南北朝的历史概况。
2. 了解该时期民族融合的状况。
3. 识记该时期三次以少胜多的战役。

## 群雄割据

东汉末年，外戚专权，宦官秉政，政治腐败，天灾不断。公元184年，河北的张角及兄弟张梁和张宝率农民起义，史称黄巾起义或黄巾之乱。东汉为解决黄巾之乱号召天下州郡征兵平叛，在朝廷不断衰弱的情况下，各地豪强趁机壮大势力，黄巾起义最后虽然被平息，却开启了群雄割据的局面。

占据河南一带的曹操，招募流亡的农民垦荒，组织兵士屯田，实力不断增强。那时黄河以北地区，战乱较少，人口众多，粮食丰足，占据河北一带的袁绍，势力逐渐强大，想要消灭曹操。

公元200年，袁绍率十万大军进攻曹操，曹操当时兵力只有五六万人，双方在官渡交战。曹操用计烧掉了袁军的全部粮草，取得了官渡之战的胜利。袁绍狼狈地逃回河北，曹操乘胜追击，歼灭了袁绍的残余力量。官渡之战奠定了曹操统一北方的基础，是历史上一次著名的以少胜多的战役。

## 三国鼎立

公元208年，曹操率20多万大军南下，想要统一南北。那时候长江中下游有两个势力有所发展：一个是依附于荆州的刘备，另一个是割据江东的孙权。曹操大军势不可当，迅速南进，刘备见曹操人数众多，自认抵挡不住，急忙逃向东南。刘备的军师诸葛亮建议联合孙权共同抗曹，刘备很赞同，派诸葛亮去见孙权。但是孙权部下主张降曹的居多，经过孙权手下大将周瑜和诸葛亮的积极运筹，孙刘终于联军一同抗曹。

孙刘联军与已占领荆州大部的曹操在赤壁对峙。周瑜指挥联军用火攻的办法大败曹操。曹操率领少数残兵败将，逃回北方。赤壁之战是我国历史上又一次以少胜多的战役，为三国鼎立局面的形成奠定了基础。

赤壁之战后曹操再不敢轻易南下。孙权在长江中下游的势力得到巩固。刘备也趁机占领了湖北、湖南大部

分地区，又西进占领了四川。公元219年，刘备又从曹操手中夺取汉中，关羽率兵进攻曹操，被孙权派部将吕蒙袭杀。

公元220年，曹操的儿子曹丕废掉汉献帝，自称皇帝，国号"魏"，史称"曹魏"，定都洛阳，东汉结束。公元221年，刘备在成都称帝，国号汉，史称"蜀汉"。公元222年，孙权称王，国号吴，史称"东吴"，定都建业。三国鼎立的局面形成。

公元229年，孙权正式称帝。三国统治者都注重发展生产，魏国修建了许多水利工程，北方生产明显恢复和发展起来。蜀国的丝织业兴旺，蜀锦畅销三国。吴国积极开发江南，造船业发达，孙权曾派部将卫温率船队抵达夷洲（今台湾），加强了内地和台湾地区的联系。

# 第二课
# 三国魏晋南北朝历史概说二

# 通信礼仪

在礼堂、会场、影剧院、医院、飞机以及休息时间的集体宿舍和其他应当保持安静的场所，应当关闭手机或将手机调至静音状态，如有电话须离开接听。

在任何地点使用手机，都应该轻声通话，尽量不让第三人听到，不是为了保密，而是不干扰他人。特别是在封闭的公共空间内，如大巴、火车、地铁、电梯上。大声通话是非常没有素质的表现。

不要在公共场合用手机外放音乐。

合理调整手机来电的铃声和音量，不要用粗俗的声音或者音乐作为铃声，也不要将铃声调得很响。

▼ **本课要点**

1. 了解晋朝建立的背景。
2. 识记南朝的更迭。
3. 掌握孝文帝改革的知识。

# 西晋的短暂统一

曹丕死后，大臣司马懿逐渐控制了魏国的大权。公元263年，魏国的实际控制者司马懿之子司马昭派兵灭掉了实力最弱的蜀汉。公元266年，司马昭之子司马炎篡夺了皇位，建立了晋朝，定都洛阳，史称西晋。公元280年，西晋灭掉了吴国，完成国家统一，三国时代结束。

晋统一后，统治集团内部腐朽。第二代皇帝晋惠帝智力低下，无力治理国家。皇族为了争夺皇位而发生十多年混战，史称"八王之乱"。"八王之乱"耗尽了西晋的国力。

北方的匈奴、鲜卑、羯、氐、羌等游牧民族自东汉以来不断向内地迁徙，人数越来越多。公元304年，匈奴人刘渊建立了汉国。公元316年，汉国趁着西晋内乱，攻占洛阳，灭掉了西晋。

# 东晋和十六国

公元317年，西晋皇族司马睿重建晋朝，定都建康（今江苏南京），史称东晋。

东晋建立的时候，北方正处于战乱之中，各民族纷纷占地建国，其中氐族人建立了前秦政权，君主苻坚励精图治，使国家迅速强大起来，统一了整个黄河流域，继而想要吞并南方的东晋政权。公元383年，苻坚征兵80余万伐晋。与东晋8万军队隔着淝水对峙。最终因调度不灵、军心涣散而失败，淝水之战是历史上以少胜多的著名战役之一。

淝水之战后，南方的东晋政权稳定下来，积极发展经济。前秦政权瓦解，北方又陷入了各民族的混战之中。从公元304年刘渊建立汉国到公元439年鲜卑人拓跋焘统一北方的100多年的时间里，北方各民族先后建立了16个政权，被称为十六国。东晋和十六国存在的历史时间基本上是一致的，他们分别占据着中国的南方和北方。

# 南朝和南方经济的发展

公元420年，东晋大将刘裕篡取皇位，改国号为宋，史称"刘宋"。公元479年，刘宋大将萧道成废宋自立，改国号为齐，史称"萧齐"。公元502年，萧齐大将萧衍废齐自立，改国号为梁，史称"萧梁"。公元557年，萧梁大将陈霸先废梁自立，改国号为陈，中国历史上国号与皇帝姓氏相同的，只有陈朝。公元420年—589年，宋、齐、梁、陈四个朝代先后统治中国南方，都城都在建康（今江苏南京），历史上把这四个朝代总称为"南朝"。

江南地区土地肥沃、雨量充足，适宜作物生长。从东晋到南朝，江南地区战乱较少，社会相对安定。

在此期间，全北方战乱频繁，许多人为了躲避战乱来到南方，给南方带来了劳动力和先进的农业生产技术。

汉朝以前，我国经济中心始终在北方，南方大部分地区十分落后。但是东晋到南朝这段时期，我国南方的农业和经济获得了较大的发展，这为日后我国经济中心的南移奠定了基础。

# 北朝和北方民族的融合

在南朝相对稳定发展的时间里，我国北方经历了统一和分裂的过程。4世纪后期，我国东北部的鲜卑族强大起来，建立了"北魏"，定都平城（今山西大同）。北魏于公元439年统一北方黄河流域。

北魏孝文帝拓跋宏继位以来，农民起义不断，民族矛盾加深，为缓和社会矛盾，崇尚汉族文化的拓跋宏进行了一系列汉化改革，重新建立以农业为主体的帝国，提倡或强制要求各族人民说汉话、穿汉服、改汉姓、联汉姻、使汉律、习汉礼，这些措施大大促进了民族的发展和融合。

公元493年，孝文帝把都城从山西平城迁到河南洛阳，汉化改革得到进一步深化。

后来北魏分裂成东魏和西魏，东魏又被北齐取代，西魏被北周取代。我们把北魏、东魏、西魏、北齐、北周这五个王朝统称为"北朝"。

## 鲜卑姓与汉姓的对照

| 鲜卑姓 | 汉姓 |
| --- | --- |
| 拓跋 | 元 |
| 贺赖 | 贺 |
| 邱慕陵 | 穆 |
| 步六狐 | 陆 |
| 独孤 | 刘 |
| 贺楼 | 楼 |

# 第三课
# "建安风骨"说三曹

## 网络礼仪

认真学习网上知识，不浏览不良网站和信息。

与网友进行诚实友好交流，不侮辱欺诈他人。

增强自我保护意识，不随意约见网友。

严格控制上网时间，不沉溺虚拟时空。

不制作、传播计算机病毒等破坏性程序。

## ▼ 本课要点

1. 掌握"建安文学"的含义。

2. 了解"建安七子"和"竹林七贤"。

3. 背诵《观沧海》《龟虽寿》《燕歌行》。

# 建安风骨与竹林七贤

东汉建安年间，各地军阀不断笼络文人谋士，以壮大自身实力，其中"挟天子以令诸侯"的曹操统一了北方。北方是当时文化中心，曹操又格外重视人才，大批文人聚集在曹操所在的邺城，形成"邺下文人集团"，著名的有"建安七子"：孔融、陈琳、王粲、徐干、阮瑀、应玚、刘桢。

邺下文人集团的主要人物就是"三曹"和"七子"。他们的诗文创作，紧密联系政治、军事斗争，表现了文人的胸怀抱负，写出了人民的疾苦，具有沉雄豪迈的气概、古朴苍凉的风格，被称作"建安文学"或"建安风骨"。

曹丕、曹植兄弟，是建安作家集团实际上的核心，他们才华英发，擅长诗、赋、散文，作品最多。

魏晋之际，一批作家继承了建安文学的精神，但他们并不热衷政治，喜欢饮酒山林，赋诗抒情。其中嵇康、阮籍、山涛、向秀、刘伶、王戎和阮咸七人成就最高，因为他们常在竹林中开怀畅饮，被称为"竹林七贤"。

# 曹操及其作品

曹操（155—220），字孟德，是东汉末年杰出的政治家、军事家、文学家，东汉献帝时期的丞相，后任魏王，统一北方，实行一系列政策恢复北方农业生产和社会秩序，奠定了曹魏政权的基础，后被追谥"魏武帝"。

## 观沧海

东临碣石，以观沧海。

水何澹澹，山岛竦峙。

树木丛生，百草丰茂。

秋风萧瑟，洪波涌起。

日月之行，若出其中；

星汉灿烂，若出其里。

幸甚至哉，歌以咏志。

## 龟虽寿

神龟虽寿，犹有竟时。

腾蛇乘雾，终为土灰。

老骥伏枥，志在千里。

烈士暮年，壮心不已。

盈缩之期，不但在天；

养怡之福，可得永年。

幸甚至哉，歌以咏志。

# 曹丕及其作品

　　曹丕（187—226），字子桓，八岁能文，擅长骑射，文武双全，是三国时期著名的政治家、文学家，曹魏的开国皇帝。他在位七年，北击草原游牧民族，西边重新取得西域管辖权，开疆扩土，中原地区经济持续发展，颇有建树，谥号"魏文帝"。他创作的《燕歌行》是我国目前发现最早的七言诗，对诗歌的发展有着较大的影响。

## 燕歌行

秋风萧瑟天气凉，草木摇落露为霜，群燕辞归鹄南翔。
念君客游思断肠，慊慊思归恋故乡，君何淹留寄他方？
贱妾茕茕守空房，忧来思君不敢忘，不觉泪下沾衣裳。
援琴鸣弦发清商，短歌微吟不能长。明月皎皎照我床，
星汉西流夜未央。牵牛织女遥相望，尔独何辜限河梁？

# 曹植及其作品

曹植（192—232），字子建，曹丕的弟弟，生前被封为陈王。在与兄长争夺继位权的过程中败下阵来，郁郁不得志，但他却是建安时期最负盛名的作家。被赞誉为"才高八斗"。代表作有《赠白马王彪》《白马篇》《野田黄雀行》。

## 野田黄雀行

高树多悲风，海水扬其波。
利剑不在掌，结友何须多？
不见篱间雀，见鹞自投罗。
罗家得雀喜，少年见雀悲。
拔剑捎罗网，黄雀得飞飞。
飞飞摩苍天，来下谢少年。

# 第四课
# "魏晋风度"之陶渊明

## 假日旅游礼仪

文明行路。要自觉遵守交通规则，遵从交通信号指示，听从交通警察指挥。步行时要走人行道，不跨越交通隔离护栏，不抢行机动车道，不三五成群并排行走。在行人拥挤的路段，不追跑打闹，横冲直撞。

文明乘坐。主动配合乘务人员维护公共秩序，要按顺序、慢步轻声地登车、登机、上船，尊老爱幼，不抢占座位，不大声喧哗。

文明观光。在旅游景区，要讲究社会公德，不乱丢垃圾，要举止文明，要使用礼貌语言，要爱护公物，特别要注意保护文物古迹，不乱刻乱画。

文明住宿。不破坏旅店财物，夜间不吵闹喧哗，要关锁门窗，拉好窗帘，注意人身财产安全。

## ▼ 本课要点

1. 了解陶渊明的生平。

2. 背诵《桃花源记》。

3. 识记重点字词的含义。

# 陶渊明及其作品

陶渊明（365或372或376—427），又名陶潜，字元亮，号五柳先生。浔阳柴桑（今江西九江）人。东晋末至南朝初期伟大的诗人、辞赋家。他是中国第一位田园诗人，被称为"古今隐逸诗人之宗"。

陶渊明生活的年代正逢社会动荡、政治黑暗的时期，他先后担任了刺史祭酒、江州主簿、镇军将军参军、建威将军参军、彭泽县令等小官。陶渊明是一个正直、率真的人，在那个官场污浊的时代，他无法与世俗同流合污，更无法实现自己的抱负。

最终，陶渊明选择了隐退，保全了他的人格和节操。他的诗歌和散文追求意境和深思，诗意恬淡，语言清新自然，返璞归真，富有哲理和情趣。

## 归园田居（其一）

少无适俗韵，性本爱丘山。
误落尘网中，一去三十年。
羁鸟恋旧林，池鱼思故渊。
开荒南野际，守拙归园田。
方宅十余亩，草屋八九间。
榆柳荫后檐，桃李罗堂前。
暖暖远人村，依依墟里烟。
狗吠深巷中，鸡鸣桑树颠。
户庭无尘杂，虚室有余闲。
久在樊笼里，复得返自然。

【解析】《归园田居》共五首，大概写于作者辞彭泽令回乡的次年（406年）。本篇列《归园田居》第一首。表达了诗人对污浊官场的厌恶，对山林隐居生活的无限向往与怡然陶醉。

## 归园田居（其三）

种豆南山下，草盛豆苗稀。
晨兴理荒秽，带月荷锄归。
道狭草木长，夕露沾我衣。
衣沾不足惜，但使愿无违。

## 饮酒（其五）

结庐在人境，而无车马喧。
问君何能尔？心远地自偏。
采菊东篱下，悠然见南山。
山气日夕佳，飞鸟相与还。
此中有真意，欲辨已忘言。

【解析】上面这首诗是陶渊明组诗《饮酒》二十首中的第五首。大隐隐于市，真正宁静的心境，不是自然造就的，而是自己心境的外化。"采菊东篱下，悠然见南山"，表达了诗人悠然自得、寄情山水的情怀。

## 桃花源记

晋太元中，武陵人捕鱼为业。缘溪行，忘路之远近。忽逢桃花林，夹岸数百步，中无杂树，芳草鲜美，落英缤纷。渔人甚异之，复前行，欲穷其林。

林尽水源，便得一山，山有小口，仿佛若有光。便舍船，从口入。初极狭，才通人。复行数十步，豁然开朗。土地平旷，屋舍俨然，有良田、美池、桑竹之属。阡陌交通，鸡犬相闻。其中往来种作，男女衣着，悉如外人。黄发垂髫，并怡然自乐。

见渔人，乃大惊，问所从来。具答之。便要还家，设酒杀鸡作食。村中闻有此人，咸来问讯。自云先世避秦时乱，率妻子邑人来此绝境，不复出焉，遂与外人间隔。问今是何世，乃不知有汉，无论魏晋。此人一一为具言所闻，皆叹惋。余人各复延至其家，皆出酒食。停数日，辞去。此中人语云："不足为外人道也。"

既出，得其船，便扶向路，处处志之。及郡下，诣太守，说如此。太守即遣人随其往，寻向所志，遂迷，不复得路。

南阳刘子骥，高尚士也，闻之，欣然规往。未果，寻病终，后遂无问津者。

【解析】本篇散文描写了一个美好的仙境。它的特色在于这个仙境中生活的不是神仙，而是普通的百姓。这些百姓有着纯真的性情，过着和谐的生活。虽然桃花源只是一个空想，但这是陶渊明对人民幸福生活的期望和思考。

# 第五课
# 南北朝民歌

## 友谊地久天长

每个人都应当有朋友，朋友让我们在人生的旅途中不会孤独。可是，什么样的朋友才是值得结交的，我们又应该如何对待自己的朋友呢？

善待身边的每一个人，无论能不能够成为朋友，我们都应该待人友善，这样你会给所有人亲切随和的感觉，让别人乐于和你相处。

不要因为别人有钱有势而刻意接近，也不要因为别人的贫穷弱小而疏远，朋友不应该与利益联系起来。

不与品行不端的人有密切联系或交朋友。

一旦交了朋友，彼此就要真诚相待。朋友之间应当互相帮助、互相包容、共同成长和发展。

友谊在经历时间的考验后才会愈加珍贵，因此我们要珍惜友谊。

▼ **本课要点**

1. 背诵《西洲曲》《木兰诗》。
2. 掌握重点字词和语句的翻译。

# 南北朝民歌简介及选读

南北朝时期，南方与北方政权长期处于对峙的局面，在政治、经济、文化以及民族风尚、自然环境等方面又存在着明显的差异。南方是传统文化的保留区，与先秦文化一脉相承，豪族大家多书香门第；北方融入了游牧民族的血液，文化更加多元丰富。

因而，南北朝民歌也呈现出不同的情调与风格。南朝民歌清丽缠绵，更多地反映了人民真挚纯洁的爱情生活；北朝民歌粗犷豪迈，反映了北方动乱不安的社会现实和人民的生活风俗。南朝民歌中的抒情长诗《西洲曲》和北朝民歌中的叙事长诗《木兰诗》，分别代表着南北朝民歌的最高成就。

### 西洲曲

忆梅下西洲，　折梅寄江北。

单衫杏子红，　双鬓鸦雏色。

西洲在何处？　两桨桥头渡。

日暮伯劳飞，　风吹乌臼树。

树下即门前，　门中露翠钿。

开门郎不至，　出门采红莲。

采莲南塘秋，　莲花过人头。

低头弄莲子，　莲子清如水。

置莲怀袖中，　莲心彻底红。

忆郎郎不至，　仰首望飞鸿。

鸿飞满西洲，　望郎上青楼。

楼高望不见，　尽日栏杆头。

栏杆十二曲，　垂手明如玉。

卷帘天自高，　海水摇空绿。

海水梦悠悠，　君愁我亦愁。

南风知我意，　吹梦到西洲。

## 木兰诗

唧唧复唧唧，木兰当户织。不闻机杼声，唯闻女叹息。

问女何所思，问女何所忆。女亦无所思，女亦无所忆。昨夜见军帖，可汗大点兵，军书十二卷，卷卷有爷名。阿爷无大儿，木兰无长兄，愿为市鞍马，从此替爷征。

东市买骏马，西市买鞍鞯，南市买辔头，北市买长鞭。旦辞爷娘去，暮宿黄河边，不闻爷娘唤女声，但闻黄河流水鸣溅溅。旦辞黄河去，暮至黑山头，不闻爷娘唤女声，但闻燕山胡骑鸣啾啾。

万里赴戎机，关山度若飞。朔气传金柝，寒光照铁衣。将军百战死，壮士十年归。

归来见天子，天子坐明堂。策勋十二转，赏赐百千强。可汗问所欲，木兰不用尚书郎，愿驰千里足，送儿还故乡。

爷娘闻女来，出郭相扶将；阿姊闻妹来，当户理红妆；小弟闻姊来，磨刀霍霍向猪羊。开我东阁门，坐我西阁床。脱我战时袍，著我旧时裳。当窗理云鬓，对镜帖花黄。出门看火伴，火伴皆惊忙：同行十二年，不知木兰是女郎。

雄兔脚扑朔，雌兔眼迷离；双兔傍地走，安能辨我是雄雌？

# 九州少年文学常识

隋唐文学　宋元文学　明清文学

**主编**

孙岩

**副主编**

陈荣强、刘坤

**版式设计师**

赵东方

**插画师**

张雨桐

燕山大学出版社

·秦皇岛·

# FOREWORD
# 前言

请您和孩子一起放下手机，放下烦恼，放下生活琐事带来的焦虑和不安，为自己留一点时间，共同开启一场文学之旅。

## 文学 | 给予我们存在的意义

"我是谁，我为何而生，我为什么而活着？"

或许，只有静下心来打开书本，畅游在文学和诗歌的海洋里的时候，我们才能发现自己想要的究竟是什么。

不可否认，文学在任何时候都与世俗生活、社会进程，以及孩子们的前途命运息息相关。但更重要的是，文学存在于人类价值建构和精神成长的过程中，是人类生存意义的自我确证。

文学最伟大的功能就是给予我们存在的意义，从荷马史诗到古希腊悲剧；从但丁的《神曲》到歌德的《浮士德》；从莎士比亚的戏剧到泰戈尔的诗歌；从中国的诗经楚辞，到汉赋唐诗、宋词元曲，乃至四大名著，无论它们是什么体裁或主题，都在告诉人们"生活"的意义。

## 文学 | 给予我们心灵的指引

文学不是哲学或宗教，它不提供生存的理论，也不揭示放之四海而皆准的真理。它只是以对世界的感悟赋予人类精神一个强大而永恒的支点"理想"。

当我们迷茫的时候，当我们消极的时候，当我们陷入迷狂的激动时刻，文学总会给予我们可靠的心灵指引。

例如《悲惨世界》《红与黑》这类抽象的充满哲理性的作品，可能会带给那些理性的有意于追求人生意义和生命价值的人强烈的启示意义，成为许多人生命中最基本的精神动力。

而中华诗词，则能让孩子们多情，让孩子们叹息，让他们看到生活的不容易。

此外，文学作品中的人物、故事、场景和价值观可以鼓励他们摆脱或忘记生活中的灰暗、颓唐、失望和迷茫，给予他们生存的勇气、信心和方向。

## 文学 | 给予我们做人的尊严

学习文学是一个品味的过程，我们品味文字，品味故事，但最重要的是品"人"。我们品评文中人物，也会品评行文的人。文学著作千差万别，源于作者的不同个性和丰富的人生经历，屈原上下求索，李白不摧眉折腰，杜甫为天下寒士谋广厦万千，苏轼叹大江东去、迎风雨徐行。文如其人，有情感有性格，更有独一无二的个性与尊严。文学尊重每个人自由平等的展示自我、表达心声的权利。

所以在古今中外的文学名著中，无论是成人还是孩子都会普遍地感受到人的个性与尊严，因此在学习文学的过程中，我们也学会了如何接纳他人、尊重他人，学会了如何表达自己，赢得别人的尊重。更重要的是，我们会在这个过程中更加热爱和珍惜自己的生活。

## 文学 | 发现我们生活的意义

文学不一定非要像大时代的宣传品一样被人人诵读，但不管在什么时代、什么环境中，文学总会让人懂得生活并不是麻木而茫然地存在，而是充斥着无限可能、无限选择、无限生机的奇妙旅程。

---

文学使我们觉得生活是一件有意义的事。

九州文学团队是一个学术团队，在参考各类文学教材的基础上，在融汇语文应试知识的前提下，精心打造了"九州文学系列课程"，涵盖古今中外文学、文化、历史、地理知识。

宗旨与目标始终如一，"驾驭语言文学，洞悉大千世界"。

我们希望让孩子们感受、品读文学，通过聆听和观看文学作品，领悟到人生或世界的某种真相，燃起心中奋进的信念，寻找到个人的生活目标和人生理想……

---

# CONTENTS
## 目录

### 隋唐文学

第 一 课　隋唐历史演义之天下一统 ·········································· 3

第 二 课　隋唐历史演义之大唐盛世 ·········································· 6

第 三 课　初唐四杰 ········································································ 11

第 四 课　李白之"不知何处是他乡" ······································· 16

第 五 课　李白之"长风破浪会有时" ······································· 19

第 六 课　李白之"朝如青丝暮成雪" ······································· 22

第 七 课　杜甫之"会当凌绝顶" ··············································· 26

第 八 课　杜甫之"国破山河在" ··············································· 29

第 九 课　杜甫之"老病有孤舟" ··············································· 32

第 十 课　白居易之《长恨歌》 ················································ 35

第十一课　白居易之新乐府运动 ················································ 39

第十二课　晚唐绝响之李商隐与杜牧 ········································ 43

第十三课　唐诗两大派之山水田园派 ········································ 46

第十四课　唐诗两大派之边塞风光派 ········································ 49

第十五课　韩柳之古文运动 ························································ 53

## 宋元文学

第 一 课　纷纷扰扰说两宋 ……………………………………………………… 59

第 二 课　元朝的盛与衰 …………………………………………………………… 63

第 三 课　三苏之"千古风流人物" …………………………………………… 66

第 四 课　三苏之"人有悲欢离合" …………………………………………… 70

第 五 课　三苏之"诗酒趁年华" ……………………………………………… 73

第 六 课　唐宋八大家之"庭院深深深几许" ………………………………… 77

第 七 课　宋初词坛李煜与柳永 ………………………………………………… 81

第 八 课　李清照之"花自飘零水自流" ……………………………………… 84

第 九 课　辛弃疾之"沙场秋点兵" …………………………………………… 88

第 十 课　宋词两大派 ……………………………………………………………… 91

第十一课　陆游之"梦断香消四十年" ……………………………………… 95

第十二课　陆游之"中原北望气如山" ……………………………………… 97

第十三课　诗词之后的瑰宝——元曲 ………………………………………… 101

第十四课　元曲四大悲剧选讲 …………………………………………………… 104

第十五课　元曲四大爱情剧选讲 ………………………………………………… 117

## 明清文学

第 一 课　明清历史那些事儿一 ………………………………………………… 127

第 二 课　明清历史那些事儿二 ………………………………………………… 131

第 三 课　明清小说之"三言二拍" …………………………………………… 134

第 四 课　四大名著之《三国演义》 …………………………………………… 139

第 五 课　四大名著之《水浒传》 ……………………………………………… 144

第 六 课　四大名著之《西游记》 ……………………………………………… 150

第 七 课　四大名著之《红楼梦》 ……………………………………………… 156

第 八 课　《儒林外史》与《聊斋志异》 …………………………………… 160

# 隋唐文学

SUITANG WENXUE

## 九州文学系列教程 ②

## 九州少年文学常识

# 第一课
# 隋唐历史演义之天下一统

## 论语

子贡问君子。子曰："先行其言而后从之。"

【译文】

子贡问怎样做一个君子。孔子说："作为君子，不能只说不做，而应该先做后说。只有先做后说，才可以取信于人。"

【九州释义】

没有打到老虎之前不要去估量老虎皮的价值，在事情没有十足把握之前不要轻易许诺。尽量养成做好再说的习惯。

## ▼ 本课要点

1. 知道隋朝两位皇帝的名字。
2. 知悉隋文帝的创举。
3. 掌握隋朝大运河的相关知识。
4. 了解科举制的内容和意义。

## 南北重归统一

天下大势，合久必分，分久必合。

东汉末年以来，军阀割据动荡，三国鼎立，西晋短暂动荡，南北朝对立，将近四百年的大分裂局面即将走到尽头。

北方，北周武帝宇文邕在 577 年统一了北方黄河流域，屡建军功的外戚杨坚逐渐掌握了朝政大权。581 年，杨坚夺取北周皇权，建立了隋帝国，定都大兴城（长安），年号开皇，杨坚就是隋文帝。589 年，隋军挥师南下，擒获了陈朝后主陈叔宝，南北朝最后一个朝代陈朝灭亡，南北重新回归了一统。

## 短暂而又辉煌的隋朝

隋朝寿命很短，总共经历了两代皇帝。隋文帝是一个励精图治的皇帝，他在位时改革吏治，推行三省六部制，发展地方生产，国家安定，人民负担较轻，人口增长，社会经济繁荣，史学界称他统治的时期为"开皇之治"，这也为后来的"大唐盛世"打下了基础。

为了管理庞大的帝国，招揽天下人才，隋文帝废除了魏晋以来的九品中正制，破除门第界限，在全国范围内采用分科考试的方法来选拔人才，结束了官员大多出自门阀士族的局面，这种选拔人才的制度就是闻名于世的科举制。从此，出身贫寒的人，可以凭借才学做官。科举制在我国封建社会延续了1300余年，直到清朝末年才被废除。

隋文帝的继承者杨广，被称作隋炀帝。面对日渐昌隆的帝国，隋炀帝好大喜功，营建东都洛阳，三征东北高句丽，强征民夫开挖运河，百姓苦不堪言，激起了人民的反抗。

为了加强南北交通，巩固隋王朝对全国的统治，605年开始，隋王朝开通了一条纵贯南北的大运河（京杭大运河）。大运河以洛阳为中心，北起涿郡（今北京），南抵余杭（今杭州），全长两千多公里，是古代世界上最长的运河。它的开通大大促进了我国南北经济的交流。

修建运河工程浩大，加剧了中原地区百姓对隋帝国的反抗，在起义军的打击下，隋朝随之瓦解，618年，隋炀帝在江都（今扬州）巡游时被部下杀死，隋朝灭亡。

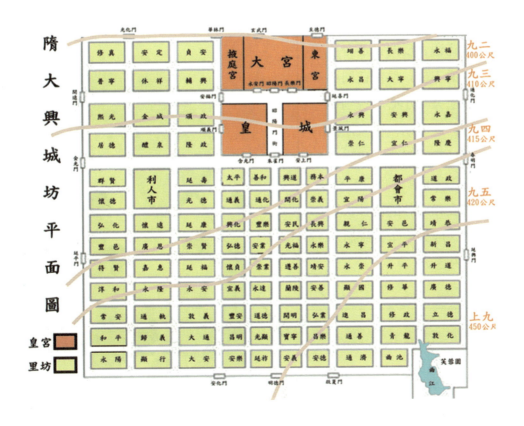

# 第二课
# 隋唐历史演义之大唐盛世

## 论语

子曰："巧言令色，鲜矣仁。"

【译文】

孔子说："花言巧语，装出和颜悦色的样子，这种人的仁心就很少了。"

【九州释义】

这是孔子在讲仁的反面，即为花言巧语，工于辞令。儒家崇尚质朴，反对花言巧语，反对说话办事随心所欲，只说不做，停留在口头上；主张说话应谨慎小心，说到做到，先做后说。这表明，儒家注重人的实际行动，特别强调人应当言行一致，力戒空谈浮言、心口不一。这种踏实的态度和质朴的精神长期影响着中国人，成为中华传统思想文化中的重要内容。

## ▼ 本课要点

1. 了解"贞观之治""开元盛世"的概念。
2. 熟知武则天、鉴真、玄奘。
3. 了解唐朝与周边及国家的关系。

## 贞观之治

618年，隋炀帝死后，隋将李渊在太原起兵攻入长安，建立了唐朝，李渊就是唐高祖。其子李世民东征西讨，平定了各地反唐势力。

唐朝是我国历史上继汉朝之后又一个繁荣昌盛的朝代。

626年，李世民发动"玄武门之变"夺得皇位。李世民就是历史上著名的唐太宗，年号"贞观"。他吸取了隋朝灭亡的教训，认识到百姓力量的强大，采取了安抚百姓的政策，发展农业，减轻徭役和赋税，严于吏治，勤于政事。他还注重任用贤才和虚心纳谏，重用敢于直言纳谏的魏征，任用富于谋略的房玄龄和善断大事的杜如晦为宰相，人称"房谋杜断"。

唐太宗时期，农民占有了一定的土地，赋税负担减轻，有了安定的生产和生活环境，大量荒地被开垦出来，社会经济出现了繁荣景象。历史上称当时的统治为"贞观之治"。

## 开元盛世

唐太宗之后，唐高宗李治继承了一个四海升平的帝国，但李治懦弱多病，少理朝政，皇后武则天逐步掌握了实权，晚年称帝，改国号为"周"，尊号"则天大圣皇帝"，武则天成为我国历史上唯一的女皇帝。

武则天当政期间，十分重视人才选拔，女性官员也开始出现，她继续实行唐太宗发展农业生产的政策，进一步加强了国家的经济实力和综合国力，推动了社会进步，为后来唐玄宗开元时期的繁荣打下了基础。

武则天以后，唐朝政局十分动荡，直到712年唐玄宗李隆基即位，政局才得以稳定。

唐玄宗任用贤臣进行了一系列改革，修建水利设施，改进生产工具，加强农业生产和手工制造业的发展。他还把中央的优秀官吏下派到地方任职，并亲自考核县令的政绩。经过一系列改革，此时的唐朝政治清明，经济空前繁荣，国库充实，人口明显增长，进入了全盛时期。唐玄宗前期年号"开元"，所以历史上把这一时期称为"开元盛世"。

在农业方面，唐玄宗时期共修建四十多处大型水利工程，大大促进了农耕技术发展。

在手工业方面，唐玄宗时期丝织品花色品种繁多，陶瓷业在唐朝有重要发展，其中以越窑青瓷、邢窑白瓷和唐三彩最为有名。

唐朝商业繁荣，大都市有长安、洛阳、扬州，都城长安城的人口超过百万，宏伟壮丽，城内遍布"坊"和"市"，居民区和商业区分离，各国各族人纷纷涌入长安，使之成为一座名副其实的国际大都会。

唐玄宗后期改年号"天宝"，天宝年间，皇帝不理朝政，地方藩镇军事势力越来越壮大，终于导致了755年以安禄山和史思明为首的叛乱，战火席卷中原地区，造成大量人口伤亡，历史上把这事件称为"安史之乱"或"天宝之乱"。尽管唐朝大将郭子仪、李光弼率军平定了战乱，但唐朝元气大伤，自此之后开始走向衰落。

907年，唐朝灭亡。

# 民族融合

　　隋唐时期，统治者采取开放、包容的民族政策，使国家得到空前的发展。

　　吐蕃人很早就生活在青藏高原地区，大多以游牧为业，是藏族的祖先。7世纪前期，吐蕃首领松赞干布统一青藏高原，定都逻些（今西藏拉萨）。他多次派使臣向唐朝求亲，唐太宗把文成公主嫁给了他。文成公主嫁入吐蕃时，带去了先进的生产技术和中原文化，加强了唐蕃之间的经济交流，增进了汉藏之间的友好关系。

　　8世纪初，唐中宗又把金城公主嫁到了吐蕃，唐与吐蕃的关系更加密切。

　　在北方，回纥人逐渐成为草原的主人，他们是维吾尔族的祖先，早期在色楞格河流域过着游牧生活。8世纪中期，回纥建立汗国，唐玄宗封其首领骨力裴罗为怀仁可汗，双方关系友好，后来回纥改为回鹘。

　　在东北地区，生活着鄂伦春、鄂温克和满族的祖先靺鞨人，他们起源于松花江、黑龙江流域，骁勇善战，能歌善舞。到7世纪末，靺鞨族的一支粟末靺鞨统一各部，建立政权，其首领大祚荣接受了唐玄宗册封，被封为"渤海郡王"。靺鞨郡受封之后，面积不断扩大，人口增多，与内地贸易往来频繁，经济文化水平较高，有"海东盛国"之称。

　　在云南苍山洱海一带分布着六个部族，唐人称之为"六诏"，他们是彝族和白族的祖先。738年，最南边的南诏首领皮逻阁在唐朝的支持下统一了六诏，皮逻阁被唐玄宗封为"云南王"。

# 对外交往

　　隋唐对外交往比较活跃，与亚洲、非洲、欧洲国家都有来往。广州、扬州都是外国人喜欢居住的地方。

## 唐朝与日本

隋唐时期，中日交往密切。隋朝时，已经有日本遣隋使到来；唐朝从贞观年间开始，日本来中国的遣唐使有十多批。

日本社会生活的各个方面至今都保留着唐朝人的风格。在当时，他们仿照唐朝制度进行了政治改革，参照汉字创制了日本文字，建筑、茶道、医药、钱币各个方面都在向唐朝人学习。那时候唐朝赴日本的使者和僧人也有不少。唐玄宗时期，鉴真先后六次东渡，历尽千辛万苦，终于在754年到达日本。他在日本的十余年间，辛勤不懈地传播唐朝文化与佛学经典。

## 唐朝与天竺

天竺就是今天的印度。唐朝时期，我国与天竺来往频繁，最有代表性的是高僧玄奘。贞观初年，玄奘从长安出发，经河西走廊，经过层层险阻，历尽千辛万苦，抵达天竺求取佛经。

贞观十九年（645年），玄奘携带大量佛经回到长安，他专心翻译佛经并以自身经历见闻写成《大唐西域记》，这部书成为研究中亚、印度半岛以及我国新疆地区历史和佛学的重要典籍。

明代小说家吴承恩以"玄奘西游"为故事原型，创作了长篇浪漫主义小说《西游记》。

# 第三课
# 初唐四杰

## 论语

子曰:"弟子入则孝,出则弟,谨而信,泛爱众,而亲仁,行有余力,则以学文。"

【译文】

孔子说:"弟子们在父母跟前,要孝顺父母;出门在外,要敬爱兄长;言行要谨慎,要诚实可信;要广泛地去爱众人;亲近那些有仁德的人。这样躬行实践之后,还有余力的话,就再去学习文献知识。"

【九州释义】

孔子要求弟子们首先要致力于孝悌、谨信、爱众、亲仁,培养良好的道德观念和道德行为;如果还有闲暇时间和余力,则用以学习古代典籍,增长文化知识。这表明,孔子的教育是以道德教育为中心,重在培养学生的德行修养,而对于书本知识的学习,则摆在第二位。

## ▼ 本课要点

1. 背诵本课四首唐诗。
2. 了解"初唐四杰"生平。
3. 熟知唐代文学概况。

# 唐朝文学简介

唐朝，中国历史上政治、经济最为繁荣兴盛的时期之一，诗歌的创作也进入了黄金时代。

唐诗内容丰富、风格多样，诗歌的体式韵律成熟规范，才华横溢的诗人层出不穷，李白和杜甫两位诗人分别把浪漫主义和现实主义诗歌推向了顶峰。白居易、李商隐等大量诗人的涌现，使唐朝产生了数量惊人的优秀诗歌作品，这些作品经久不衰。

除了唐诗之外，唐朝的散文也有了全新的变革和发展。柳宗元和韩愈倡导的"古文运动"，改变了以前的浮靡文风，使得散文创作更加适应当时的社会发展需要。唐朝文人创作了大量艺术价值很高的游记、寓言、传记，也为后世散文的创作指明了方向。

此外，传奇（小说的前身）、变文（说唱文学的前身）和曲子词（宋词的前身）等文学体裁在唐朝文学中也占据了一定的地位，对后世文学的发展起到了重要作用。

# 初唐四杰

初唐四杰是中国唐代初期四位文学家王勃、杨炯、卢照邻、骆宾王的合称，简称"王杨卢骆"。

这四位文人的诗文虽然还没有完全脱离魏晋南北朝以来诗坛辞藻绮丽的"不正之风"，但已初步扭转文学风气，他们开始把诗歌从宫廷移到了民间，题材扩大，思想严肃，五言八句的律诗形式由他们开始初步定型。

"王杨卢骆"是初唐文坛上新旧过渡时期的人物，他们昭示着唐诗繁荣时代的到来。著名诗人杜甫在《戏为六绝句》中对"初唐四杰"作出了高度评价："王杨卢骆当时体，轻薄为文哂未休。"

# 王勃

王勃（650或649—676），字子安，绛州龙门（今山西河津）人，初唐诗人，出身儒学世家。王勃为初唐四杰之首。王勃自幼聪敏好学，他六岁即能写文章，文笔流畅，被赞为"神童"。675年，王勃回交趾探望父亲，回来的途中，渡海时溺水身亡。他的代表作有《送杜少府之任蜀州》《滕王阁序》等。

### 送杜少府之任蜀州

城阙辅三秦，风烟望五津。
与君离别意，同是宦游人。
海内存知己，天涯若比邻。
无为在歧路，儿女共沾巾。

# 杨炯

杨炯（650—?），华州华阴（今陕西华阴）人，曾任盈川县县令，后人称他为"杨盈川"，初唐诗人，恃才傲物，在初唐四杰中排名第二，曾表示"耻在王后，愧在卢前"。代表作有诗作《从军行》《出塞》等。

### 从军行

烽火照西京，心中自不平。
牙璋辞凤阙，铁骑绕龙城。
雪暗凋旗画，风多杂鼓声。
宁为百夫长，胜作一书生。

# 卢照邻

卢照邻（约636—680后），字升之，自号幽忧子，幽州范阳（今河北定兴）人，出身望族，幼读诗书，博学能文，身残志坚。代表作有诗词《长安古意》等，文集《卢升之集》《幽忧子集》等。名句有"得成比目何辞死，愿作鸳鸯不羡仙"。

### 曲池荷

浮香绕曲岸，圆影覆华池。
常恐秋风早，飘零君不知。

# 骆宾王

骆宾王（约638—?），字观光，婺州义乌（今浙江义乌）人，出身寒门，七岁能诗，号称"神童"。据说《咏鹅》就是此时所作。代表作有《帝京篇》《畴昔篇》《在狱咏蝉并序》等。

### 在狱咏蝉

西陆蝉声唱，南冠客思侵。
不堪玄鬓影，来对白头吟。
露重飞难进，风多响易沉。
无人信高洁，谁为表予心。

# 第四课
# 李白之"不知何处是他乡"

## 论语

子曰："君子，不重则不威；学则不固。主忠信。无友不如己者，过则勿惮改。"

【译文】

孔子说："君子，不庄重就没有威严；学习可以使人不闭塞；要以忠信为主，不要同与自己不同道的人交朋友；有了过错，就不要怕改正。"

【九州释义】

君子，从外表上应当给人以庄重大方、威严深沉的形象，使人感到稳重可靠，可以付之重托。君子重视学习，但不自我封闭，善于结交朋友，而且有错必改。

## ▼ 本课要点

1. 背诵并默写所选诗篇。
2. 了解李白的人生历程。
3. 熟悉本课相关文化常识。

# 李白简介

李白（701—762），字太白，号青莲居士，又号"谪仙人"。祖籍甘肃天水，自称先祖来自陇西成纪，而他的出生地传说在中亚的碎叶城（今吉尔吉斯共和国的托克马克），是我国历史上最伟大的浪漫主义诗人，被后人誉为"诗仙"。

李白的一生可以分为五个时期：故乡少年时期、首次漫游时期、长安为官时期、再度漫游时期和安史之乱时期。

# 故乡少年时期（5~26 岁）

5 岁的时候，懵懂的李白一路奔波，跟着父亲来到了大唐腹地，居住在彰明县青莲乡（今四川省江油市青莲镇），所以李白自号"青莲居士"。蜀地自古便是"天府之国"，山清水秀，道观遍布，李白自幼便受到儒家与道家思想的熏陶。

因为家境富裕，做商贾的父亲为幼年的李白提供了优裕的学习环境，"五岁诵六甲，十岁观百家"。幼年的李白广泛地学习了诸子百家和各类文史经典。他深深受到儒、道两家思想的影响。博览群书的李白既渴望能够做官，在政治上有所成就，为国家建功立业，又渴望过着无拘无束、超凡脱俗的自由生活，这种矛盾的性格对李白的人生和诗歌创作都产生了深远的影响。

李白还崇尚游侠生活，在此时期，他游览蜀地山水，登峨眉，上青城，还曾在街市上因打抱不平"手刃数人"。这些经历，对李白性格的形成和日后诗歌的风格产生了重要的影响。

### 访戴天山道士不遇

犬吠水声中，桃花带露浓。
树深时见鹿，溪午不闻钟。
野竹分青霭，飞泉挂碧峰。
无人知所去，愁倚两三松。

### 峨眉山月歌

峨眉山月半轮秋，
影入平羌江水流。
夜发清溪向三峡，
思君不见下渝州。

# 首次漫游时期（26~42岁）

26岁时，为了实现自己建功立业的政治理想，李白离开了四川，"仗剑去国，辞亲远游"。他的足迹遍及今天的湖北、湖南、江西、江苏、河南、山西、山东、安徽、浙江等地，行踪遍及中国大部。

这期间，李白在湖北安陆与已故宰相的孙女结婚，从此"酒隐安陆，蹉跎十年"。李白有自己的仕途理想和政治抱负，但是自由不羁的性格以及商户的出身，让他无法参加科举考试，他希望在漫游的过程中结识名人并得到名人的赏识和举荐，从而进入朝堂。做了上门女婿的李白在开元二十五年（737年）第一次来到长安求官，结果大失所望，他看到长安城官场黑暗，心中愤慨不平。

### 客中作

兰陵美酒郁金香，
玉碗盛来琥珀光。
但使主人能醉客，
不知何处是他乡。

### 行路难（其一）

金樽清酒斗十千，
玉盘珍羞直万钱。
停杯投箸不能食，
拔剑四顾心茫然。
欲渡黄河冰塞川，
将登太行雪满山。
闲来垂钓碧溪上，
忽复乘舟梦日边。
行路难！行路难！
多歧路，今安在？
长风破浪会有时，
直挂云帆济沧海。

# 第五课
# 李白之"长风破浪会有时"

## 论语

曾子曰："吾日三省吾身：为人谋而不忠乎？与朋友交而不信乎？传不习乎？"

【译文】

曾子说："我每天多次自我反省：替人家做事是不是尽了自己的能力？和朋友交往有没有不诚实的地方？老师传授的学业可曾用心温习？"

【九州释义】

这是有名的"吾日三省吾身"的话。曾子是儒家学派中强调内省、修养的有力倡导者，他自己也以此严格要求自己。他告诫人们：做人不要自欺，要天天反省自己，做事要谨慎。其实，这何尝不是一条学习良方，每天放学回家后，写完作业，安静下来，想一想我们一天收获了什么。每天有收获，这一天才有价值。

## ▼ 本课要点

1. 背诵并默写所选诗篇。
2. 了解李白的人生历程。
3. 熟悉本课相关文化常识。

# 长安为官时期（42~45 岁）

唐玄宗天宝元年（742年），人到中年的李白"奉诏"再次来到长安。

宰相贺知章和道士吴筠极力向皇帝推荐李白，朝堂的大门终于向他打开，李白此刻非常喜悦，高声吟唱"仰天大笑出门去，我辈岂是蓬蒿人"。他似乎看到了自己广阔的政治前途。然而，唐玄宗只是赏识李白的才华，让他供奉翰林，从此李白成为一名御用文人，只能参与宫廷娱乐。

这让李白感到政治理想难以实现，整日借酒消愁，他看到了朝廷的各种黑暗和腐败，也感到唐朝在繁荣兴盛的背后，隐藏着巨大的危机。同时，他那蔑视帝王权贵的傲慢作风，又招致了权臣们的谗毁，也使他感到长安不可久留。在度过一段狂放纵酒的生活之后，李白被赐金放还。

三年长安生活，李白初步认识到政治集团的腐朽和政治现实的黑暗，开始写出了一些抒发愤懑、抨击现实的诗篇。

**清平调词三首**

其一

云想衣裳花想容，
春风拂槛露华浓。
若非群玉山头见，
会向瑶台月下逢。

其二

一枝红艳露凝香，
云雨巫山枉断肠。
借问汉宫谁得似，
可怜飞燕倚新妆。

其三

名花倾国两相欢，
常得君王带笑看。
解释春风无限恨，
沉香亭北倚阑干。

# 再度漫游时期（45~53 岁）

45 岁时，离开长安的李白再度开始了漫游生活。

在洛阳，李白遇到杜甫，我国历史上两位伟大的诗人见面了。李白和杜甫相约东游，在汴州（今河南开封）又遇见了著名的边塞诗人高适。三位诗人一起畅游梁园、济南等地，他们评文论诗，纵谈天下大势，都为国家的隐患而担忧。

在游历过程中，三人结下了深厚的友谊。李白和杜甫分手后，又南下江浙、北上燕赵，往来于齐鲁之间。

### 将进酒

君不见黄河之水天上来，奔流到海不复回。
君不见高堂明镜悲白发，朝如青丝暮成雪。
人生得意须尽欢，莫使金樽空对月。
天生我材必有用，千金散尽还复来。
烹羊宰牛且为乐，会须一饮三百杯。
岑夫子，丹丘生，将进酒，杯莫停。
与君歌一曲，请君为我倾耳听。
钟鼓馔玉不足贵，但愿长醉不复醒。
古来圣贤皆寂寞，惟有饮者留其名。
陈王昔时宴平乐，斗酒十千恣欢谑。
主人何为言少钱，径须沽取对君酌。
五花马、千金裘，呼儿将出换美酒，
与尔同销万古愁。

### 月下独酌

花间一壶酒，独酌无相亲。
举杯邀明月，对影成三人。
月既不解饮，影徒随我身。
暂伴月将影，行乐须及春。
我歌月徘徊，我舞影零乱。
醒时同交欢，醉后各分散。
永结无情游，相期邈云汉。

# 第六课
# 李白之"朝如青丝暮成雪"

## ▼ 论语

子夏曰："博学而笃志，切问而近思，仁在其中矣。"

【译文】

子夏说："广泛学习钻研，坚定自己的志向，恳切地提出问题并且联系实际去思考，仁德就在其中了。"

【九州释义】

既要广博地学习，又要有一个追求的中心，这就叫"博学而笃志"。既要多问问题，又不要好高骛远、不切实际地空想，而要多想当前的事情，思考与自己的实际情况密切相关的事情，这就叫"切问而近思"。

## ▼ 本课要点

1. 识记本课重点字词。
2. 了解李白人生的第五个阶段。
3. 背诵本课所选篇目。

# 安史之乱时期（54~61岁）

安史之乱终于爆发了，两鬓斑白的李太白此刻正隐居庐山，潜心修道。战乱消息刚一传来，他便纠结于应该避乱还是出来为国家效力。

唐玄宗之子永王李璘出兵东南，路经九江，李白以为报国时机已到，慷慨从军，成为一名王府门客。不料李璘暗怀与太子李亨争夺帝位的野心，计划南下称帝，不久即被李亨派兵剿灭，李白获罪入浔阳（今江西九江）狱，流放夜郎（今贵州桐梓）。

"夜郎万里道，西上令人老"，想到此生将终结于蛮荒之地，李白内心无比悲凉，正当他行至巫山时，恰遇皇帝大赦天下，他重新获得了自由，于是写下《早发白帝城》，此诗体现了李白被赦后的欢快心情。

761年，听到大将李光弼率兵讨伐叛军，李白决定北上请缨杀敌，行至金陵（今江苏南京），因病折返。次年李白在当涂病死于他的族叔李阳冰家中。

**宣州谢朓楼饯别校书叔云**

弃我去者，昨日之日不可留；
乱我心者，今日之日多烦忧。
长风万里送秋雁，对此可以酣高楼。
蓬莱文章建安骨，中间小谢又清发。
俱怀逸兴壮思飞，欲上青天览明月。
抽刀断水水更流，举杯消愁愁更愁。
人生在世不称意，明朝散发弄扁舟。

**秋风词**

秋风清，秋月明，
落叶聚还散，寒鸦栖复惊。
相思相见知何日？此时此夜难为情！
入我相思门，知我相思苦，
长相思兮长相忆，短相思兮无穷极，
早知如此绊人心，何如当初莫相识。

# 李白的地位与影响

李白是盛唐的时代骄子,他气挟风雷的天才手笔震惊盛唐诗坛,杜甫在《春日忆李白》中赞叹:"白也诗无敌,飘逸思不群。清新庾开府,俊逸鲍参军。"中晚唐时期,李白有着极高的地位,韩愈、李商隐都对李白的诗歌赞颂不已,宋代以后,杜甫地位提高,诗界开始以"李杜"并称。

李白对后世影响巨大,首先是他诗中体现的人格魅力。他"天生我材必有用"的非凡自信,他"安能摧眉折腰事权贵"的独立人格,他"欲上青天览明月"的潇洒风貌,都被后代文人所赞颂。

但几乎所有人都认为,李白写诗的天才气质、诗风是后人无法学到的,正因如此,李白在中国诗歌史上有着无法替代的不朽地位。

**登金陵凤凰台**

凤凰台上凤凰游,凤去台空江自流。
吴宫花草埋幽径,晋代衣冠成古丘。
三山半落青天外,二水中分白鹭洲。
总为浮云能蔽日,长安不见使人愁。

# 第七课
# 杜甫之"会当凌绝顶"

## 论语

子曰："君子和而不同，小人同而不和。"

【译文】

孔子说："君子和睦相处而不盲从附和，小人同流合污而不能和谐相处。"

【九州释义】

大家一起做好一件事情，做事时齐心协力。事情做完，大家各过各的，不互相影响，给对方独立的空间，这就是和而不同。

## ▼ 本课要点

1. 了解杜甫的生平。
2. 背诵、默写杜甫所有诗选。

# 杜甫简介

杜甫（712—770），字子美，号少陵野老，后世称杜拾遗、杜工部。祖籍襄阳，生于河南巩县（今巩义市）。

杜甫是唐代伟大的现实主义诗人，被后人称为"诗圣"。他的诗真实记录了唐朝由盛转衰的过程，因此他的诗被称为"诗史"。杜甫的一生可以分为四个时期：读书和壮游时期、困居长安时期、陷贼和为官时期、漂流西南时期。

# 读书壮游时期

杜甫35岁之前，正是大唐王朝最繁荣兴盛的开元盛世，杜家经济上比较宽裕，祖父杜审言是著名诗人，"文章四友"之一，更是唐代律诗的奠基人。在这样的家庭环境下，杜甫自幼好学，博览群书，儒家传统的忠君、爱民思想对他起到了巨大影响。

19岁时，杜甫怀揣壮志，开始了他的壮游生活。南游吴越，北游齐赵。29岁时返回洛阳，并在首阳山上筑室，娶亲。32岁，求官路上的杜甫在洛阳与李白相遇，二人一见如故，同游中原。748年春，二人又到山东寻仙访道，谈诗论文，结下了深厚的友谊。秋末，二人握手相别，杜甫结束了漫游，来到了长安。第二年，杜甫便参加了奸臣李林甫主持的科举考试，落入了一场戏剧性骗局。

# 困居长安时期

科举应试受阻后，杜甫居住在长安少陵，迫于生计，他多次向皇帝献赋，渴望凭借才华打动唐玄宗。最后却无奈接受了"右卫率府胄曹参军"（主要负责看守兵甲仗器，库府锁钥的小官）的职位。即便如此，杜甫家还是发生了小儿子饿死的事情。

经历十年长安困苦生活后，杜甫对朝廷政治、社会现实的认识达到了新的高度。这期间他写了《兵车行》《丽人行》等批评时政、讽刺权贵的诗篇。而《自京赴奉先县咏怀五百字》尤为著名，奠定了他诗歌的现实主义风格。

**望岳**

岱宗夫如何？齐鲁青未了。
造化钟神秀，阴阳割昏晓。
荡胸生层云，决眦入归鸟。
会当凌绝顶，一览众山小。

## 春日忆李白

白也诗无敌，飘然思不群。

清新庾开府，俊逸鲍参军。

渭北春天树，江东日暮云。

何时一樽酒，重与细论文。

## 饮中八仙歌

知章骑马似乘船，眼花落井水底眠。

汝阳三斗始朝天，道逢麹车口流涎，恨不移封向酒泉。

左相日兴费万钱，饮如长鲸吸百川，衔杯乐圣称避贤。

宗之潇洒美少年，举觞白眼望青天，皎如玉树临风前。

苏晋长斋绣佛前，醉中往往爱逃禅。

李白一斗诗百篇，长安市上酒家眠。

天子呼来不上船，自称臣是酒中仙。

张旭三杯草圣传，脱帽露顶王公前，挥毫落纸如云烟。

焦遂五斗方卓然，高谈雄辩惊四筵。

# 第八课
# 杜甫之"国破山河在"

## 论语

　　子夏为莒父宰，问政。子曰："无欲速，无见小利。欲速则不达，见小利则大事不成。"

【译文】

　　子夏到莒父做地方长官，问怎样为政。孔子说："不要只求速成，不要贪图小利。想求速成，反而达不到目的；贪图小利，就做不成大事。"

【九州释义】

　　内心急切想要掌握某些东西时，一切都要求快速完成，看资料也是一目十行，很容易把一些关键的细节遗漏掉，反而迟滞了你前进的步伐。这种心理活动可以概括为"我要快点学好 XX，快，快，快"，它让思维的焦点不知不觉从"学好"变为"学快"，此时学习的目标也就发生了变化，当然会偏离预设的方向。

▼ **本课要点**

1. 识记本课重点字词。
2. 熟悉杜甫代表作"三吏""三别"。
3. 背诵本课所选篇目。

## 陷贼和为官时期

天宝十四年（755年），安史之乱爆发，范阳、平卢、河东节度使安禄山集结属下和北方契丹、室韦等部叛军15万，攻向长安，唐玄宗仓皇西逃，战火所到之处，州县残破，生灵涂炭，从755年到760年，唐帝国人口由5288万锐减到1699万，可见战争给国家和人民带来了巨大灾难。

这场灾难给唐代诗坛带来了不小转变，一些原本冷眼旁观的诗人，开始走向现实，本就忧国忧民的杜甫，更是诗坛领军人物。

听说唐肃宗李亨在灵武继位之后，杜甫决定只身北上，投奔肃宗。在安顿好家人后，杜甫在途中不幸被叛军俘虏，但因官位低下并未被囚禁。在被战火蹂躏的长安城中，杜甫亲眼见到当年的繁华都市十室九空的景象，内心痛苦焦虑。

757 年，杜甫冒险逃出长安城，被唐肃宗授为左拾遗，官位不高，却是一个能够直接上殿面君的言官，正直的杜甫很快因触怒皇帝，被贬为华州司功参军。

不久，长安城收复，杜甫奔波于长安、洛阳、华州三地，对百姓遭受的苦痛抱以极大同情，写下了"三吏"——《新安吏》《石壕吏》《潼关吏》，"三别"——《新婚别》《垂老别》《无家别》等包含爱国忧民热情的诗作。

759 年，杜甫终于弃官，在通往蜀地的山路上，杜甫带着一家人艰难前行，凄凉无比。

## 春望

国破山河在，城春草木深。
感时花溅泪，恨别鸟惊心。
烽火连三月，家书抵万金。
白头搔更短，浑欲不胜簪。

## 赠卫八处士

人生不相见，动如参与商。
今夕复何夕，共此灯烛光。
少壮能几时，鬓发各已苍。
访旧半为鬼，惊呼热中肠。
焉知二十载，重上君子堂。
昔别君未婚，儿女忽成行。
怡然敬父执，问我来何方。
问答乃未已，驱儿罗酒浆。
夜雨剪春韭，新炊间黄粱。
主称会面难，一举累十觞。
十觞亦不醉，感子故意长。
明日隔山岳，世事两茫茫。

## 石壕吏

暮投石壕村，有吏夜捉人。
老翁逾墙走，老妇出门看。
吏呼一何怒！妇啼一何苦。
听妇前致词：三男邺城戍。
一男附书至，二男新战死。
存者且偷生，死者长已矣！
室中更无人，惟有乳下孙。
有孙母未去，出入无完裙。
老妪力虽衰，请从吏夜归。
急应河阳役，犹得备晨炊。
夜久语声绝，如闻泣幽咽。
天明登前途，独与老翁别。

# 第九课
# 杜甫之"老病有孤舟"

## 论语

叶公问政。子曰:"近者说,远者来。"

【译文】

叶公问怎样为政。孔子说:"使近处的人民感到喜悦幸福,使远处的人民来投奔归附。"

【九州释义】

亲爱的九州学子,你在与朋友相处时,也要做到"近者说,远者来",这样做会有助于你变成集体中很受欢迎的人。

▼ **本课要点**

1. 识记本课重点字词。
2. 了解杜甫人生的第四个阶段。
3. 背诵本课所选篇目。

## 漂流西南时期

这是杜甫生命中最后的时光，也是他诗歌艺术达到新高度的时期。

全家人经过近一年的颠沛流离，终于来到成都，蜀地的节度使严武钦佩杜甫的品德与才华，推荐他做了工部员外郎，杜甫成为严武的幕府。

成都郊外，浣花溪边，杜甫在友人资助下盖起了一座草堂，被后人称为"杜甫草堂"或"浣花草堂"。过了六个月的幕僚生活后，严武离开四川，杜甫的生活开始落魄，草堂破败，他逐渐有了离开成都的想法。

之后杜甫辗转蜀地七八年，一度得到高适的帮助，但生活依旧清贫，"痴儿不知父子礼，叫怒索饭啼东门"是他的生活写照。洛阳收复后，杜甫决定起身重回故地。770 年，一代诗圣杜甫死在由长沙到岳阳的一条破船上。

这段时期，杜甫的大量名篇问世，《茅屋为秋风所破歌》《闻官军收河南河北》《蜀相》等千古传诵。

## 蜀相

丞相祠堂何处寻，锦官城外柏森森。

映阶碧草自春色，隔叶黄鹂空好音。

三顾频烦天下计，两朝开济老臣心。

出师未捷身先死，长使英雄泪满襟。

## 登高

风急天高猿啸哀，渚清沙白鸟飞回。

无边落木萧萧下，不尽长江滚滚来。

万里悲秋常作客，百年多病独登台。

艰难苦恨繁霜鬓，潦倒新停浊酒杯。

## 茅屋为秋风所破歌

八月秋高风怒号，卷我屋上三重茅。

茅飞渡江洒江郊，高者挂罥长林梢，下者飘转沉塘坳。

南村群童欺我老无力，忍能对面为盗贼。

公然抱茅入竹去，唇焦口燥呼不得，归来倚杖自叹息。

俄顷风定云墨色，秋天漠漠向昏黑。

布衾多年冷似铁，娇儿恶卧踏里裂。

床头屋漏无干处，雨脚如麻未断绝。

自经丧乱少睡眠，长夜沾湿何由彻！

安得广厦千万间，大庇天下寒士俱欢颜！

风雨不动安如山。呜呼！何时眼前突兀见此屋，吾庐独破受冻死亦足！

# 第十课
# 白居易之《长恨歌》

## 论语

子曰："其身正，不令而行；其身不正，虽令不从。"

【译文】

孔子说："自身品行端正，即使不下达命令，群众也会自觉去做；自身品行不端正，即使下达了命令，群众也不会服从。"

【九州释义】

用习近平总书记的话来说，就是"打铁还需自身硬"。这句话用通俗的语言概括了为政之要，同时也指出了当前道德教育之所以不得力的一个重要原因，那就是我们把道德教育变成了"说教"，认为需要教育的是下属、是普通百姓。事实上，"身教者从，言教者讼"。用空话教育别人，只能导致争吵；用行动教育人，别人才会跟着做。如果领导者本身行得不正，虽然屡次下命令，民众也不会服从。

### ▼ 本课要点

1. 背诵《长恨歌》。
2. 熟知白居易的生平。

# 白居易简介

中唐时期的诗人白居易，与另一位诗人元稹共同发起"新乐府运动"，创立"元白诗派"，其作品重写实，尚通俗，对后世影响极大。"新乐府"一词，是白居易相对汉乐府而提出的，也是白居易创作组诗的名字，其含义就是以自创的新的乐府题目咏写时事。

白居易（772—846），字乐天，号香山居士，祖籍太原，生于河南新郑。其诗歌题材广泛，形式多样，语言平易通俗，有"诗魔"和"诗王"之称。

白居易幼年习诗，读书十分刻苦，八九岁就懂得声韵。青年时代由于战乱而颠沛流离。为躲避徐州战乱，父亲带全家迁居宿州，白居易得以在宿州符离度过了童年时光。长安应试成功后，因一篇《长恨歌》名扬海内，官至翰林学士、左赞善大夫，后贬官江州，《琵琶行》问世。

846年，白居易在洛阳逝世，葬于香山。

## 长恨歌

汉皇重色思倾国，御宇多年求不得。杨家有女初长成，养在深闺人未识。

天生丽质难自弃，一朝选在君王侧。回眸一笑百媚生，六宫粉黛无颜色。

春寒赐浴华清池，温泉水滑洗凝脂。侍儿扶起娇无力，始是新承恩泽时。

云鬓花颜金步摇，芙蓉帐暖度春宵。春宵苦短日高起，从此君王不早朝。

承欢侍宴无闲暇，春从春游夜专夜。后宫佳丽三千人，三千宠爱在一身。

金屋妆成娇侍夜，玉楼宴罢醉和春。姊妹弟兄皆列土，可怜光彩生门户。

遂令天下父母心，不重生男重生女。骊宫高处入青云，仙乐风飘处处闻。

缓歌慢舞凝丝竹，尽日君王看不足。渔阳鼙鼓动地来，惊破《霓裳羽衣曲》。

九重城阙烟尘生，千乘万骑西南行。翠华摇摇行复止，西出都门百余里。

六军不发无奈何，宛转蛾眉马前死。花钿委地无人收，翠翘金雀玉搔头。

君王掩面救不得，回看血泪相和流。黄埃散漫风萧索，云栈萦纡登剑阁。

峨嵋山下少人行，旌旗无光日色薄。蜀江水碧蜀山青，圣主朝朝暮暮情。

行宫见月伤心色，夜雨闻铃肠断声。天旋地转回龙驭，到此踌躇不能去。

马嵬坡下泥土中，不见玉颜空死处。君臣相顾尽沾衣，东望都门信马归。

归来池苑皆依旧，太液芙蓉未央柳。芙蓉如面柳如眉，对此如何不泪垂？

春风桃李花开日，秋雨梧桐叶落时。西宫南内多秋草，落叶满阶红不扫。

梨园弟子白发新，椒房阿监青娥老。夕殿萤飞思悄然，孤灯挑尽未成眠。

迟迟钟鼓初长夜，耿耿星河欲曙天。鸳鸯瓦冷霜华重，翡翠衾寒谁与共？

悠悠生死别经年，魂魄不曾来入梦。临邛道士鸿都客，能以精诚致魂魄。

为感君王辗转思，遂教方士殷勤觅。排空驭气奔如电，升天入地求之遍。

上穷碧落下黄泉，两处茫茫皆不见。忽闻海上有仙山，山在虚无缥缈间。

楼阁玲珑五云起，其中绰约多仙子。中有一人字太真，雪肤花貌参差是。

金阙西厢叩玉扃，转教小玉报双成。闻道汉家天子使，九华帐里梦魂惊。

揽衣推枕起徘徊，珠箔银屏迤逦开。云鬓半偏新睡觉，花冠不整下堂来。

风吹仙袂飘飘举，犹似霓裳羽衣舞。玉容寂寞泪阑干，梨花一枝春带雨。

含情凝睇谢君王，一别音容两渺茫。昭阳殿里恩爱绝，蓬莱宫中日月长。

回头下望人寰处，不见长安见尘雾。惟将旧物表深情，钿合金钗寄将去。

钗留一股合一扇，钗擘黄金合分钿。但教心似金钿坚，天上人间会相见。

临别殷勤重寄词，词中有誓两心知。七月七日长生殿，夜半无人私语时。

在天愿作比翼鸟，在地愿为连理枝。天长地久有时尽，此恨绵绵无绝期。

# 第十一课
# 白居易之新乐府运动

## 论语

子曰:"君子成人之美,不成人之恶。小人反是。"

【译文】

孔子说:"君子成全别人的好事,不帮助别人做成坏事。小人与此相反。"

【九州释义】

在今天,人们往往以成人之"美"证明自己是"君子"。但是,同学们注意,毫无原则、不分善恶地成全别人不见得是成人之"美",有时也会是助纣为虐。

### ▼ 本课要点

1. 理解何谓"新乐府运动"。
2. 背诵《琵琶行》《离思》。

# 新乐府运动

唐朝中期，著名诗人白居易、元稹提出了"文章合为时而著，诗歌合为事而作"的口号，发起了一场诗歌革新运动，被称为"新乐府运动"。"新乐府"是白居易针对魏晋南北朝之前的"旧乐府"提出的，意思是诗人创新乐府题目来写当时的社会生活，坚持汉乐府的现实主义风格。在新乐府运动中，出现了一批优秀的诗歌，这些诗歌大胆揭露社会矛盾，提出尖锐的社会问题，具有强烈的讽刺性和批判性。唐朝后期，社会愈加腐朽黑暗，新乐府运动已经难以继续发挥它的作用。

## 琵琶行（并序）

元和十年，予左迁九江郡司马。明年秋，送客湓浦口，闻舟中夜弹琵琶者，听其音，铮铮然有京都声。问其人，本长安倡女，尝学琵琶于穆、曹二善才，年长色衰，委身为贾人妇。遂命酒，使快弹数曲。曲罢悯然，自叙少小时欢乐事，今漂沦憔悴，转徙于江湖间。予出官二年，恬然自安，感斯人言，是夕始觉有迁谪意。因为长句，歌以赠之，凡六百一十六言，命曰《琵琶行》。

浔阳江头夜送客，枫叶荻花秋瑟瑟。主人下马客在船，举酒欲饮无管弦。
醉不成欢惨将别，别时茫茫江浸月。忽闻水上琵琶声，主人忘归客不发。
寻声暗问弹者谁，琵琶声停欲语迟。移船相近邀相见，添酒回灯重开宴。
千呼万唤始出来，犹抱琵琶半遮面。转轴拨弦三两声，未成曲调先有情。
弦弦掩抑声声思，似诉平生不得志。低眉信手续续弹，说尽心中无限事。
轻拢慢捻抹复挑，初为霓裳后六幺。大弦嘈嘈如急雨，小弦切切如私语。
嘈嘈切切错杂弹，大珠小珠落玉盘。间关莺语花底滑，幽咽泉流冰下难。
冰泉冷涩弦凝绝，凝绝不通声暂歇。别有幽愁暗恨生，此时无声胜有声。
银瓶乍破水浆迸，铁骑突出刀枪鸣。曲终收拨当心画，四弦一声如裂帛。
东船西舫悄无言，唯见江心秋月白。沉吟放拨插弦中，整顿衣裳起敛容。
自言本是京城女，家在虾蟆陵下住。十三学得琵琶成，名属教坊第一部。
曲罢曾教善才服，妆成每被秋娘妒。五陵年少争缠头，一曲红绡不知数。
钿头银篦击节碎，血色罗裙翻酒污。今年欢笑复明年，秋月春风等闲度。
弟走从军阿姨死，暮去朝来颜色故。门前冷落鞍马稀，老大嫁作商人妇。
商人重利轻别离，前月浮梁买茶去。去来江口守空船，绕船月明江水寒。
夜深忽梦少年事，梦啼妆泪红阑干。我闻琵琶已叹息，又闻此语重唧唧。
同是天涯沦落人，相逢何必曾相识！我从去年辞帝京，谪居卧病浔阳城。
浔阳地僻无音乐，终岁不闻丝竹声。住近湓江地低湿，黄芦苦竹绕宅生。
其间旦暮闻何物？杜鹃啼血猿哀鸣。春江花朝秋月夜，往往取酒还独倾。
岂无山歌与村笛，呕哑嘲哳难为听。今夜闻君琵琶语，如听仙乐耳暂明。
莫辞更坐弹一曲，为君翻作《琵琶行》。感我此言良久立，却坐促弦弦转急。
凄凄不似向前声，满座重闻皆掩泣。座中泣下谁最多？江州司马青衫湿。

## 元稹简介

元稹（779—831），字微之，河南府东都洛阳（今河南洛阳）人，唐朝宰相，著名诗人。与白居易同科及第，又双双被贬官，后结为终生挚友，远隔千里仍旧互相写诗唱和，留下"竹筒传诗"的佳话，《离思五首》是元稹在妻子韦丛去世后写的悼亡诗，本诗是其中一篇。

**离思五首（其四）**

曾经沧海难为水，
除却巫山不是云。
取次花丛懒回顾，
半缘修道半缘君。

# 第十二课
# 晚唐绝响之李商隐与杜牧

## 论语

子在川上曰："逝者如斯夫，不舍昼夜。"

【译文】

孔子在河边说："消逝的时光就像这流水一样啊，日日夜夜不停地流去。"

【九州释义】

人自出生以后，由少而壮，由壮而老，每过一日，即去一日，每过一岁，即去一岁。个人如此，群体亦不例外。中国历史到了五帝时代，不再有三皇，到了夏商周，不再有五帝。孔子生在春秋乱世，想见西周盛况，也见不到，只能梦见周公而已。由此可知，自然界、人世间、宇宙万物，无一不是逝者，无一不像河里的流水，昼夜不住地流，一经流去，便不会流回来。

## ▼ 本课要点

1. 熟知李商隐的生平。
2. 背诵所选篇目。

# 李商隐简介

李商隐（约813—约858），字义山，号玉溪生，怀州河内（今河南沁阳）人，是唐朝晚期一位特立独行的诗人。他虽出生在官僚家庭，却家道中落，父亲做幕府维持生计。李商隐少有大志，苦读诗书，渴望振兴家族，16岁时因擅长古文而小有名气。

829年，李商隐移居洛阳，结识令狐楚、白居易等前辈，令狐楚欣赏李商隐的文才，对其十分器重。837年末，李商隐考中进士，受到河阳节度使王茂元的招纳，做了王的幕僚，王茂元将女儿嫁给了李商隐。但令狐楚和王茂元各属不同权派，互相争斗，李商隐一直处于夹缝中，左右不讨好，一生未得到重用。约858年，李商隐在郑州病故。

李商隐创造了独具一格的"无题诗"，大多以男女爱情相思为题材，构思奇妙、情思婉转、辞藻精丽，声调和美且能疏密相间，读来令人荡气回肠。

## 无题

昨夜星辰昨夜风，画楼西畔桂堂东。
身无彩凤双飞翼，心有灵犀一点通。
隔座送钩春酒暖，分曹射覆蜡灯红。
嗟余听鼓应官去，走马兰台类转蓬。

## 无题

相见时难别亦难，东风无力百花残。
春蚕到死丝方尽，蜡炬成灰泪始干。
晓镜但愁云鬓改，夜吟应觉月光寒。
蓬山此去无多路，青鸟殷勤为探看。

## 夜雨寄北

君问归期未有期，巴山夜雨涨秋池。
何当共剪西窗烛，却话巴山夜雨时。

## 锦瑟

锦瑟无端五十弦，一弦一柱思华年。
庄生晓梦迷蝴蝶，望帝春心托杜鹃。
沧海月明珠有泪，蓝田日暖玉生烟。
此情可待成追忆，只是当时已惘然。

# 杜牧简介

杜牧（803—853），字牧之，号樊川居士，京兆万年（今陕西西安）人。晚唐著名诗人、散文家。生于官宦家庭，祖父杜佑曾出任宰相。杜牧26岁考中进士，任弘文馆校书郎，才华出众，曾向朝廷提出许多治乱平战的主张。

厌恶政治的杜牧常年居于长安南樊川别墅，故后世称"杜樊川"，著有《樊川文集》。杜牧的诗歌以七言绝句著称，内容以咏史抒怀为主。杜牧诗中俊爽的风格，在晚唐是杰出的，在整个唐代诗坛中是独创的。后人将他与杜甫并称为"大小杜"，将他与李商隐并称"小李杜"。

### 赤壁

折戟沉沙铁未销，自将磨洗认前朝。
东风不与周郎便，铜雀春深锁二乔。

### 过华清宫（其一）

长安回望绣成堆，山顶千门次第开。
一骑红尘妃子笑，无人知是荔枝来。

### 题乌江亭

胜败兵家事不期，包羞忍耻是男儿。
江东子弟多才俊，卷土重来未可知。

# 第十三课
# 唐诗两大派之山水田园派

## 论语

颜渊喟然叹曰:"仰之弥高,钻之弥坚;瞻之在前,忽焉在后。夫子循循然善诱人,博我以文,约我以礼,欲罢不能。既竭吾才,如有所立卓尔。虽欲从之,末由也已。"

【译文】

颜渊感叹地说:"(老师的道德和学问)抬头仰望,越仰望越觉得高耸,努力钻研,越钻研越觉得深厚;看着好像就在前面,忽然又像是在后面。老师步步引导,用知识丰富我,用礼法约束我,让我想停止前进都不能。我竭尽全力,仍然像有座高山矗立眼前,虽然我想攀上去,却没有途径。"

【九州释义】

霍金在科学领域的成就和学问就像一座矗立在我们的面前的大山。很多知识我们目前还不能理解和掌握,只有从眼前的知识学起,不断积累,一步一个脚印,才能在这座大山上爬得更高。

## ▼ 本课要点

1. 熟悉山水田园派的代表诗人。
2. 背诵孟浩然、王维的代表篇目。

# 山水田园诗派

　　南北朝时期的陶渊明、谢灵运分别开创了田园诗派和山水诗派，到了盛唐时期，形成了一个以描绘山水景物、反映田园生活为主要内容的诗歌流派，被称作"山水田园诗派"，代表诗人有孟浩然、王维。

## 孟浩然简介

　　孟浩然（689—740），盛唐诗人，名浩，字浩然，襄阳人，早年漫游天下，声誉很高，开元十五年（727年）和开元二十二年（734年）两次到长安参加科考，结果都名落孙山，却和京城文人保持了良好的关系，与王维是非常好的朋友。开元二十五年（737年）他前往荆州投奔张九龄，为张九龄做过一段时间的下属，后隐居山林，不久病故。

## 王维简介

　　王维（701？—761），盛唐时期的超人气巨星，字摩诘，人称"王右丞"，诗画双绝，青年时代就入朝为官，凭借才华名动天下，被唐代宗誉为"一代文宗"，与孟浩然齐名，世称"王孟"。安史之乱时期，王维被迫投降安禄山，后受到唐肃宗责怪，晚年归隐终南山，潜修佛法，被称为"诗佛"。

### 早寒江上有怀

木落雁南度，北风江上寒。
我家襄水曲，遥隔楚云端。
乡泪客中尽，孤帆天际看。
迷津欲有问，平海夕漫漫。

### 过故人庄

故人具鸡黍，邀我至田家。
绿树村边合，青山郭外斜。
开轩面场圃，把酒话桑麻。
待到重阳日，还来就菊花。

### 终南别业

中岁颇好道，晚家南山陲。
兴来每独往，胜事空自知。
行到水穷处，坐看云起时。
偶然值林叟，谈笑无还期。

### 少年行（其一）

新丰美酒斗十千，咸阳游侠多少年。
相逢意气为君饮，系马高楼垂柳边。

### 山居秋暝

空山新雨后，天气晚来秋。
明月松间照，清泉石上流。
竹喧归浣女，莲动下渔舟。
随意春芳歇，王孙自可留。

# 第十四课
# 唐诗两大派之边塞风光派

## 论语

子曰："学而时习之，不亦说乎？有朋自远方来，不亦乐乎？人不知而不愠，不亦君子乎？"

【译文】

孔子说："学了又时常温习和练习，不是很愉快吗？有志同道合的人从远方来，不是很令人高兴的吗？人家不了解我，我也不怨恨、恼怒，不也是一个有德的君子吗？"

【九州释义】

学习有法，做人有道。别人和自己的看法不一样，发生了争执，但自己不生气，做到这一点需要学识、度量，这样的人肯定是君子。

▼ **本课要点**

1. 熟悉边塞诗派的代表诗人。
2. 背诵王之涣、高适、岑参、王昌龄的代表篇目。

## 边塞诗派

　　边塞诗最早起源于先秦时代，《诗经》中已有完整的边塞诗篇。三国两晋南北朝时，描写边塞风情的诗歌逐渐增多，到了唐朝，边塞诗的创作越来越多，盛唐时达到高峰，"边塞诗派"正式形成，代表人物有王之涣、高适、岑参、王昌龄。

## 王之涣简介

　　王之涣（688—742），字季凌，绛州（今山西新绛）人。性格豪放，喜欢击剑，是一个用笔写边塞风光的浪漫主义诗人，唐宋以来，他的诗多被谱写成歌，传唱大江南北，其代表作有《登鹳雀楼》《凉州词》等。

### 凉州词

黄河远上白云间，
一片孤城万仞山。
羌笛何须怨杨柳，
春风不度玉门关。

## 高适简介

高适（约700—765），字达夫。他曾担任过节度使，参加了平定安史之乱的战斗，后被封侯。其诗歌气势雄浑，既能反映军旅战斗之苦、边塞生活之难，又能反映民间百姓的生活疾苦。

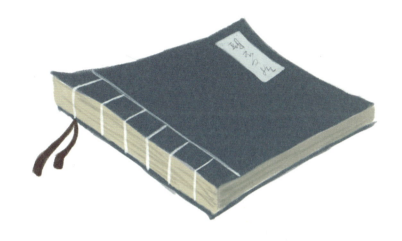

**送李侍御赴安西**

行子对飞蓬，金鞭指铁骢。
功名万里外，心事一杯中。
虏障燕支北，秦城太白东。
离魂莫惆怅，看取宝刀雄。

此诗作于天宝十一年（752年）秋天，高适当时在长安。当时高适正想到军中去展示才能，求取功名，恰逢朋友先走这条道路，也有说不出的羡慕之情，于是写下了这首送别诗来表达自己对友人的不舍之情。

## 岑参简介

岑参（约715—770），唐代杰出的边塞诗人，与高适并称"高岑"，出身官宦家庭，远赴西北边塞从军。其诗歌色彩感、画面感强烈，歌颂了边关将士不畏艰辛保家卫国的英雄气概。

### 白雪歌送武判官归京

北风卷地白草折，胡天八月即飞雪。
忽如一夜春风来，千树万树梨花开。
散入珠帘湿罗幕，狐裘不暖锦衾薄。
将军角弓不得控，都护铁衣冷难着。
瀚海阑干百丈冰，愁云惨淡万里凝。
中军置酒饮归客，胡琴琵琶与羌笛。
纷纷暮雪下辕门，风掣红旗冻不翻。
轮台东门送君去，去时雪满天山路。
山回路转不见君，雪上空留马行处。

## 王昌龄简介

王昌龄（？—约756），字少伯，人称"七绝圣手"。在杰出诗人闪耀的盛唐，王昌龄凭借七言绝句博得一片赞誉，为人豪爽，行侠仗义。他的边塞诗大部分都是写战士爱国立功的思想和思念家乡的心情，格调高昂。著有《王昌龄集》。

### 从军行

青海长云暗雪山，
孤城遥望玉门关。
黄沙百战穿金甲，
不破楼兰终不还。

# 第十五课
# 韩柳之古文运动

## 论语

孔子曰："求！周任有言曰：'陈力就列，不能者止。'危而不持，颠而不扶，则将焉用彼相矣？"

【译文】

孔子说："冉有！周任有句话说：'能施展才能就担任那职位，不能这样做则不担任那职务。'盲人遇到危险却不去护持，将要跌倒下去却不去搀扶，那何必要用那个做相的人呢？"

【九州释义】

一个职位，有能力者居之；能力不行，就下来。

有朝一日走进社会，你会发现很多行业都是在其位、谋其政、敬其业，能者上，平者让，为此你要做好充分的准备。

▼ **本课要点**

1. 熟悉韩愈、柳宗元的生平。
2. 背诵《马说》。

# 韩愈简介

韩愈（768—824），集文学家、哲学家、思想家、教育家于一身，谥号文，故世称韩文公，是"唐宋八大家"（唐代韩愈、柳宗元及宋代的苏轼、苏辙、苏洵、欧阳修、王安石、曾巩八位散文家的合称）之首。

晚年任吏部侍郎，又称韩吏部。他与柳宗元同为"古文运动"倡导者，与其并称为"韩柳"，有"文章巨公"和"百代文宗"的美誉。他提出了"文以载道"和"文道结合"的主张，反对六朝以来的骈偶之风，对后世散文影响极大。

## 马说

世有伯乐，然后有千里马。千里马常有，而伯乐不常有。故虽有名马，祗辱于奴隶人之手，骈死于槽枥之间，不以千里称也。

马之千里者，一食或尽粟一石。食马者不知其能千里而食也。是马也，虽有千里之能，食不饱，力不足，才美不外见，且欲与常马等不可得，安求其能千里也？

策之不以其道，食之不能尽其材，鸣之而不能通其意，执策而临之，曰："天下无马！"呜呼！其真无马邪？其真不知马也！

# 柳宗元简介

柳 宗 元（773-819），与韩愈生活年代相同，文学主张相同，"千古文章四大家"（韩愈、柳宗元、欧阳修、苏轼）之一，字子厚，河东（现山西运城）人，世称"柳河东""河东先生"。因官终柳州刺史，又称"柳柳州"。

柳宗元一生留下诗文作品达600余篇，其文的成就大于诗，散文说理性强，笔锋犀利、讽刺辛辣。

## 黔之驴

黔无驴，有好事者船载以入。至则无可用，放之山下。虎见之，庞然大物也，以为神，蔽林间窥之。稍出近之，慭慭然，莫相知。

他日，驴一鸣，虎大骇，远遁；以为且噬己也，甚恐。然往来视之，觉无异能者；益习其声，又近出前后，终不敢搏。稍近，益狎，荡倚冲冒。驴不胜怒，蹄之。虎因喜，计之曰："技止此耳！"因跳踉大㘎，断其喉，尽其肉，乃去。

噫！形之庞也类有德，声之宏也类有能。向不出其技，虎虽猛，疑畏，卒不敢取。今若是焉，悲夫！

# 宋元文学
## SONGYUAN WENXUE

CLASSICAL
LITERATURE

九州文学系列教程 **2**

# 九州少年文学常识

# 第一课
# 纷纷扰扰说两宋

## 论语

子曰："道千乘之国，敬事而信，节用而爱人，使民以时。"

【译文】

孔子说："治理一个拥有一千辆兵车的国家，就要严谨认真地办理国家大事而又恪守信用、诚实无欺，节约财政开支而又爱护官吏臣僚，役使百姓要不误农时。"

【九州释义】

鲁迅曾经指出："孔夫子曾经计划过出色的治国方法，但那都是为了治民众者，即权势者设想的方法，为民众本身的，却一点也没有。"（《且介亭杂文二集·在现代中国的孔夫子》）这是站在人民群众的立场上看待孔子治国方略的，因而颇具尖锐性。

▼ **本课要点**

1. 熟悉两宋时期多民族政权并立的历史脉络。

2. 识记两宋时期文化、经济等方面的历史成就。

# 五代十国

907 年，盛极一时的唐王朝灭亡，在之后的 50 多年间，中国陷入了割据混战局面，北方黄河流域先后出现了后梁、后唐、后晋、后汉、后周等五个朝代，历史上称为"五代"。

这 50 多年间，我国南方也处于分裂割据的状态，出现了很多大小不一、存在时间长短不等的政权，其中影响较大的十个政权有前蜀、后蜀、吴、南唐、吴越、闽、楚、南汉、南平和北方山西一带的北汉，被史学家称为"十国"。

960 年，后周的大将赵匡胤发动"陈桥兵变"建立了宋朝，定都汴梁（今河南开封），后改称为东京，史称北宋。宋太祖赵匡胤与弟弟宋太宗赵光义陆续消灭十国，结束了五代十国的分裂局面。

# 两宋时期

赵宋王朝建立初期，采取一系列巩固统治的措施，缓和与周边政权的关系，国力显著增强，人口大幅度增加，但宋王朝"重内轻外""重文轻武"的政策，最终导致了国家"积贫""积弱"的局面。

北宋第九位皇帝，宋钦宗靖康年间（1126 — 1127 年），北方政权金国攻陷北宋都城东京，宋徽宗、宋钦宗被金人掳去，史称"靖康之变"，北宋灭亡。宋高宗赵构南迁，在河南商丘登基，继承皇位，重建宋王朝，史称南宋，赵构成为南宋第一代皇帝。之后宋朝将首都南迁到临安（今浙江杭州）。

1276 年，蒙古军攻破南宋首都临安。1279 年，元朝消灭了南宋残存的抵抗势力，完成了统一，南宋灭亡。至此，长达近 400 年的民族政权并存时期结束了。

# 宋辽关系

早在唐代，北方草原上的契丹族就开始逐步强大起来，916 年契丹族首领耶律阿保机统一契丹各部落，建立了契丹国，后改称辽国，定都上京（位于今内蒙古巴林左旗南）。

五代十国的割据混战为辽的发展壮大和向南侵略带来了机会。960 年，北宋建立后，在对辽国的作战中屡次失败。宋真宗时期甚至被辽军一直打到黄河岸边，威胁到都城东京。宰相寇准力劝皇帝亲征，鼓舞了宋军士气才打退了辽军。

1005 年，辽宋在澶州（今河南濮阳）议和，签订了"澶渊之盟"，辽国同意撤兵，而北宋答应每年送给辽国"岁币"。在"澶渊之盟"签订后的很长时间内，宋和辽相安无事。

## 西夏的建立

党项人历来居住在青藏高原，后被当地的吐蕃人驱赶，在唐朝时期迁至陕北一带，尊奉大唐天子，唐朝末年党项人曾派兵帮助李唐王室平叛。北宋时，党项人接受北宋的册封。

1038年，党项族首领李元昊称帝建国，国号"夏"，史称"西夏"，定都兴庆（今宁夏银川）。此后西夏和北宋连年交战，两败俱伤，于是双方议和，西夏向北宋称臣，北宋给西夏"岁币"。议和后，宋和西夏边境长期安定，繁荣发展。

## 金朝的建立

在宋、辽、西夏并存的时候，东北地区的女真人长期受到辽国的压迫，女真族首领完颜阿骨打起兵抗辽，并于1115年建立金朝，定都会宁（今黑龙江阿城）。

完颜阿骨打就是金太祖。金朝建立后，国力不断强大。恰逢此时辽和北宋的统治都很腐败，国力衰弱，人民不断起义。于是金国于1125年与北宋一同灭掉了辽国，紧接着金国在1127年挥师南下，又灭掉了北宋，并将北宋的最后两个皇帝宋徽宗和宋钦宗掳走。

南宋建立后，宋高宗推行求和政策，杀害抗金名将岳飞之后，南宋和金国签订了"绍兴和议"，协议规定南宋向金称臣，进贡岁币，双方以淮河至大散关一线为边界，从此宋金开始了南北对峙。

1153年，金朝将都城迁至燕京（今北京），改称中都，这是北京在历史上第一次成为国家的都城。

### 10—13 世纪我国民族政权并存表

| 政权 | 民族 | 开国皇帝 | 建国时间 | 都城 | 现址 | 灭亡时间 | 灭亡者 |
|------|------|----------|----------|------|------|----------|--------|
| 辽 | 契丹 | 耶律阿保机 | 916 年 | 上京 | 内蒙古巴林左旗南 | 1125 年 | 金 |
| 北宋 | 汉 | 赵匡胤 | 960 年 | 东京 | 河南开封 | 1127 年 | 金 |
| 西夏 | 党项 | 李元昊 | 1038 年 | 兴庆 | 宁夏银川 | 1227 年 | 蒙古 |
| 金 | 女真 | 完颜阿骨打 | 1115 年 | 会宁 | 黑龙江阿城 | 1234 年 | 蒙古 |
| 南宋 | 汉 | 赵构 | 1127 年 | 临安 | 浙江杭州 | 1279 年 | 元 |
| 蒙古 | 蒙古 | 铁木真 | 1206 年 | 和林 | 蒙古国境内 | 1260 年 | 分裂 |
| 元 | 蒙古 | 忽必烈 | 1271 年 | 大都 | 北京 | 1368 年 | 明 |

注：金都城 1153 年迁至燕京，改称中都（今北京）。

# 两宋时期的经济文化成就

在宋元多个民族政权并存的时期，我国北方战乱频繁，而南方相对安定，所以很多北方人南迁。这也为南方带来了先进的技术、增加了南方的劳动力，促进了南方生产的迅猛发展和经济的空前繁荣。

农业方面：宋代从越南引进了耐旱涝、生长期短、稻穗长的"占城稻"，极大提高了水稻的产量，水稻成了产量最多的粮食，俗语"苏湖熟，天下足"便是当时富足江南的真实写照。

手工业与商业方面：江浙一带的丝织业和海南兴起的棉织业在宋朝都得到了很大的发展。宋朝还是制瓷业辉煌的时期。北宋时兴起的景德镇，后来发展为"瓷都"；南宋时期，我国东南的泉州、广州等地的造船业发达，能够制造适于远洋航行的海船，丝绸与瓷器成为"海上丝绸之路"的主要货物。北宋时期的东京（今河南开封）商品丰富、市场繁荣，这在张择端的画作《清明上河图》中有着明确的体现。南宋时期都城临安的繁华远远超过了北宋的东京，市场上的国内外商品琳琅满目，国内外商人络绎不绝。由于南宋海运的发展，这个时期的海外贸易也远远超越了前代，我国的商船已经到达了阿拉伯半岛和非洲东海岸。

纸币的出现：宋朝之前，市场上流通的都是金属货币，携带很不方便。北宋时，四川地区出现了交子，这是世界上最早的纸币。纸币的出现，促进了商业的发展。

# 第二课
# 元朝的盛与衰

## 论语

子贡问为仁。子曰:"工欲善其事,必先利其器。居是邦也,事其大夫之贤者,友其士之仁者。"

【译文】

子贡问怎样实现仁。孔子说:"工匠要把活儿干得好,一定要先把工具弄得精良好用。(要实现仁)生活在国家中,就要侍奉那些品德高尚的大夫,结交那些仁义的士人。"

【九州释义】

"工欲善其事,必先利其器。"这是我们常常引用的。孔子告诉子贡,一个做手工或工艺的人,要想把工作完成,做得完善,应该先把工具准备好。也就是说,要办成一件事,一定要事先进行筹划、安排,这样才能稳步把事情做好。

▼ **本课要点**

1. 了解蒙古崛起的历史脉络。
2. 识记元朝灭亡的原因。

# 蒙古的崛起

蒙古是北方草原上一支古老的民族，早在唐朝，蒙古民族的祖先就开始在草原上繁衍并与突厥人融合，10—12世纪，蒙古逐步被并入辽朝的版图，后来又臣服于金朝。

1206年，孛儿只斤·铁木真统一蒙古各部，在斡难河源头召开大会，被推举为"成吉思汗"，建立了"大蒙古国"。

蒙古国建立后，不断向外扩张，1217年，灭西辽；1219年西征花剌子模，一直打到伏尔加河流域；1227年灭西夏，成吉思汗也在征程中病逝。

成吉思汗去世后，窝阔台继任大汗，1231年征服高丽，1233年灭东真国，1234年灭金国。随后再次西征，1237年占领莫斯科，1241年兵分两路入侵波兰、匈牙利，大败神圣罗马帝国联军，前锋直指维也纳，欧洲为之震惊。正当此时，窝阔台逝世，蒙哥继位。1254年灭大理国，1258年，占领阿拉伯帝国首都巴格达，灭阿拔斯王朝。1259年，占领大马士革。1258年，蒙哥大举进攻南宋，1259年在四川攻打合州时蒙哥阵亡。

# 元朝的建立及南宋的灭亡

蒙哥死后，忽必烈于1260年称大汗。1271年，忽必烈称帝，国号大元，即元世祖，建都于大都（今北京）。1276年元军攻克南宋都城临安，1279年南宋灭亡。

# 行省制度与民族融合

元朝统一中国后，疆域空前辽阔。为了加强对辽阔国土的有效管理，元世祖在中央设立中书省，在地方设立行中书省，简称"行省"。行省制度的确立，是中国地方管理的一大变革。现代行政区划的"省"即来源于"行中书省"。

同时，元朝还加强了对西藏和琉球（今台湾）的管辖，西藏正式成为元朝的一部分。

元朝的建立为国内各民族的和平友好往来创造了便利条件。元朝统一中国后，许多汉族人来到边境，边疆各族包括蒙古族大量迁入中原和江南，同汉族杂居相处。之前进入黄河流域的契丹、女真等族，经过长期共同生活，已同汉族没有什么差别。

唐朝以来，不少定居中国的波斯人、阿拉伯人信仰伊斯兰教，他们同汉、蒙、畏兀儿等族长期杂居相处，互通婚姻，逐渐融合，开始形成一个新的民族——回族。

# 元末民变及元朝的衰亡

元朝统治者将各民族由上到下分为蒙古人、色目人、汉人、南人四个等级。元朝的民族压迫十分严重，加上战争不断，苛捐杂税繁多，中原一带的人民终于揭竿而起。

1351 年，韩山童、刘福通等人决定在 5 月率民众发动起义，但事情泄露，领袖韩山童被捕杀，刘福通带韩山童之子韩林儿杀出重围，以红巾为标志，以韩林儿为王，发动"红巾起义"，其后郭子兴等人也纷纷加入，至此揭开了大元灭亡的序幕。

1356—1359 年，朱元璋继承了病逝的郭子兴的地位，并不断扩充自己的势力，攻占了江南的半壁江山。1368 年，朱元璋手下大将徐达率军攻陷大都，元朝灭亡。

# 第三课
# 三苏之"千古风流人物"

## 论语

居其位，无其言，君子耻之；有其言，无其行，君子耻之。

【译文】

处于一定的职位，而没有提出在那个职位上应该提供的意见，君子为其感到羞耻；有那样的言论，却没有那样的行为，君子为其感到羞耻。

【九州释义】

人无论处于什么职位，都应该符合该职位的言行，千万不要说不符合身份的话，或者言行不符。

▼ **本课要点**

1. 了解"三苏"的生平与生活的时代背景。

2. 感受苏轼的豪放情怀。

3. 背诵《江城子·密州出猎》《蝶恋花·春景》《和子由渑池怀旧》。

# 宋词

　　词，是能够配合音乐演唱的一种句子长短不齐的格律诗，又称诗余或长短句。词起源于唐朝，定型于五代，兴盛于宋朝。如果根据字数多少来区分，则58字以内的称作小令，59~90字的称作中调，90字以上的称作长调。

# 苏洵

　　苏洵（1009—1066），字明允，号老泉，眉州眉山（今四川眉山）人，北宋文学家。苏洵年轻时不爱读书，乐于游览名胜古迹。27岁时才开始发愤读书，终自学成才，晚年担任秘书省校书郎、霸州文安县主簿等职。苏洵擅长散文，尤其擅长政论，著有《嘉祐集》二十卷等。

# 苏辙

苏辙（1039—1112），字子由，晚年号"颍滨遗老"。仁宗嘉祐二年（1057 年），苏辙与其兄弟苏轼同中进士，"三苏进京、两子及第"曾轰动京城。苏辙一生宦海沉浮，生平学问深受其父兄影响，以散文著称。晚年定居颍川，过上读书参禅的田园生活。著有《栾城集》。

## 苏轼——初入政坛

苏轼（1037—1101），字子瞻，号东坡居士，北宋文学家。生性放达，为人率真，好交友，好美食，好品茗，好游山林。苏轼第一次参加科举时，文章就受到了主考官欧阳修的好评，由于他的文章写得太好，欧阳修以为是自己的学生曾巩所作，为了避嫌，只给了第二名。

为官后，苏轼因反对王安石变法而被朝廷所不容，被迫离开京城到杭州、密州、徐州、湖州等地任职。苏轼在各地任职期间，诗文水平不断达到新的高度，也为百姓做了许多实事，赢得了很好的口碑。

## 苏轼诗词

### 和子由渑池怀旧

人生到处知何似，应似飞鸿踏雪泥。
泥上偶然留指爪，鸿飞那复计东西。
老僧已死成新塔，坏壁无由见旧题。
往日崎岖还记否，路长人困蹇驴嘶。

### 江城子·密州出猎

老夫聊发少年狂，左牵黄，右擎苍，锦帽貂裘，千骑卷平冈。为报倾城随太守，亲射虎，看孙郎。

酒酣胸胆尚开张，鬓微霜，又何妨？持节云中，何日遣冯唐？会挽雕弓如满月，西北望，射天狼。

## 蝶恋花·春景

花褪残红青杏小。燕子飞时，绿水人家绕。枝上柳绵吹又少，天涯何处无芳草！
墙里秋千墙外道。墙外行人，墙里佳人笑。笑渐不闻声渐悄，多情却被无情恼。

# 第四课
# 三苏之"人有悲欢离合"

## 论语

　　君子不失足于人，不失色于人，不失口于人。

【译文】

　　君子不能对人举止不庄重，不能对人态度不庄重，不能对人说出不该说的话。

【九州释义】

　　人要谨言慎行，对他人不要说不该说的活，也不要做不该做的事，免得授人以柄，招致非议。

## ▼ 本课要点

1. 熟悉"乌台诗案"的始末。
2. 识记本课重点诗词。
3. 背诵本课所选篇目。

# 苏轼——乌台诗案

1079 年，42 岁的苏轼被调为湖州知州。

在上任的路上，苏轼给神宗皇帝写了一封《湖州谢表》，这本是例行公事的感谢信，但苏轼在表彰中加入了个人"牢骚"，说自己"愚不适时，难以追陪新进"，"老不生事或能牧养小民"，这些话被新党利用，说他"愚弄朝，妄自尊大""衔怨怀怒""指斥乘舆""包藏祸心"，又讽刺政府，莽撞无礼，对皇帝不忠，如此大罪可谓死有余辜。

新党兴风作浪，一时间，朝廷内一片倒苏之声。

苏轼最终被御史台逮捕，解往京师，受牵连者达数十人。这就是北宋著名的"乌台诗案"，因为御史台顶上常年栖息着一群乌鸦，所以也叫乌台。

"乌台诗案"后，苏轼被贬至黄州，担任团练副使一职，这个官职相当低微，并无实权。苏轼到任后，心情郁闷，曾多次到黄州城外的赤壁山游览，写下了《赤壁赋》《后赤壁赋》和《念奴娇·赤壁怀古》等名作，以此来寄托他谪居时的思想感情。公务之余，他带领家人开垦长江岸边的一块坡地，种田帮补生计。"东坡居士"的称号由此而来。

# 苏轼词作

## 浣溪沙

游蕲水清泉寺，寺临兰溪，溪水西流。

山下兰芽短浸溪，松间沙路净无泥。潇潇暮雨子规啼。

谁道人生无再少？门前流水尚能西！休将白发唱黄鸡。

## 临江仙·夜归临皋

夜饮东坡醒复醉，归来仿佛三更。家童鼻息已雷鸣。敲门都不应，倚杖听江声。

长恨此身非我有，何时忘却营营？夜阑风静縠纹平。小舟从此逝，江海寄余生。

## 定风波·莫听穿林打叶声

三月七日，沙湖道中遇雨。雨具先去，同行皆狼狈，余独不觉。已而遂晴，故作此词。

莫听穿林打叶声，何妨吟啸且徐行。竹杖芒鞋轻胜马，谁怕？一蓑烟雨任平生。

料峭春风吹酒醒，微冷，山头斜照却相迎。回首向来萧瑟处，归去，也无风雨也无晴。

## 念奴娇·赤壁怀古

大江东去，浪淘尽，千古风流人物。故垒西边，人道是，三国周郎赤壁。乱石穿空，惊涛拍岸，卷起千堆雪。江山如画，一时多少豪杰。

遥想公瑾当年，小乔初嫁了，雄姿英发。羽扇纶巾，谈笑间樯橹灰飞烟灭。故国神游，多情应笑我，早生华发。人生如梦，一尊还酹江月。

# 第五课
# 三苏之"诗酒趁年华"

## 论语

子曰:"躬自厚而薄责于人,则远怨矣。"

【译文】

孔子说:"多责备自己而少责备别人,那就可以避免别人的怨恨了。"

【九州释义】

我们常讲"严于律己,宽以待人",这是一个非常重要的处事态度。但这一人生态度我们往往学颠倒了,我们总是苛求别人,却对自己的要求很宽松,这种做法是错误的。

▼ 本课要点

1. 识记本课重点字词。
2. 背诵本课所选篇目。

# 苏轼——宦海沉浮

1085 年，宋神宗驾崩，王安石倒台。反对王安石变法的"旧党"司马光重新被任命为宰相，变法派失去权势。

苏轼被调回朝任职，升任翰林学士、中书舍人。因为长期在外为官，苏轼对百姓的生活有了深入的了解，感到王安石的"新法"有其一定的合理性。因此，当他看到司马光将王安石变法的内容全盘废弃时，向皇帝进谏，这又得罪了司马光一派，于是苏轼又离开了京城前往杭州为官。

1089 年，苏轼再次到任杭州，由于西湖长期没有疏浚，淤塞过半，旱季湖水逐渐干涸，湖中长满野草，雨季则严重内涝，这严重影响了农业生产。

苏轼来杭州的第二年率众疏浚西湖，动用民工 20 余万，开除葑田，恢复旧观，并在湖水最深处建立三塔（今三潭印月）作为标志。他把挖出的淤泥集中起来，筑成一条纵贯西湖的长堤，堤有六桥相接，后人名之曰"苏公堤"，简称"苏堤"。

好景不长，宋哲宗长大后亲政，新党重新得势，开始打压旧党，苏轼被一贬再贬，由惠州一直被远放至儋州。苏轼在个人遭遇不公、生活条件极度恶劣的情况下，仍然心系百姓疾苦，为海南人民做了许多实实在在的好事，在海南留下了千古美名。

1100 年，宋徽宗即位，苏轼被从海南赦还，次年卒于常州。

## 艺术成就

苏轼擅长写行书、楷书，与黄庭坚、米芾、蔡襄并称为"宋四家"，他曾自称："我书造意本无法""自出新意，不践古人"。黄庭坚称他："早年用笔精到，不及老大渐近自然。"这说明苏轼一生历经坎坷，致使他的书法风格跌宕。存世作品有《赤壁赋》《黄州寒食诗》和《祭黄几道文》等帖。

绘画方面，苏轼擅长画墨竹，且绘画重视神似，主张画外有情，画要有寄托，反对形似，反对程式的束缚，提倡"诗画本一律，天工与清新"，而且明确地提出了"士人画"的概念，对以后"文人画"的发展奠定了一定的理论基础。其作品有《古木怪石图卷》《潇湘竹石图卷》等。

# 苏轼词作

## 水调歌头 · 明月几时有

丙辰中秋，欢饮达旦，大醉，作此篇。兼怀子由。

明月几时有，把酒问青天。不知天上宫阙，今夕是何年？我欲乘风归去，又恐琼楼玉宇，高处不胜寒。起舞弄清影，何似在人间！

转朱阁，低绮户，照无眠。不应有恨，何事长向别时圆？人有悲欢离合，月有阴晴圆缺，此事古难全。但愿人长久，千里共婵娟。

## 江城子 · 乙卯正月二十日夜记梦

十年生死两茫茫，不思量，自难忘。千里孤坟，无处话凄凉。纵使相逢应不识，尘满面，鬓如霜。

夜来幽梦忽还乡，小轩窗，正梳妆。相顾无言，惟有泪千行。料得年年肠断处，明月夜，短松冈。

## 卜算子 · 黄州定慧院寓居作

缺月挂疏桐，漏断人初静。谁见幽人独往来，缥缈孤鸿影。

惊起却回头，有恨无人省。拣尽寒枝不肯栖，寂寞沙洲冷。

## 望江南 · 超然台作

春未老，风细柳斜斜。试上超然台上望，半壕春水一城花。烟雨暗千家。

寒食后，酒醒却咨嗟。休对故人思故国，且将新火试新茶。诗酒趁年华。

# 第六课
# 唐宋八大家之"庭院深深深几许"

## 论语

子曰："君子道者三，我无能焉：仁者不忧，智者不惑，勇者不惧。"子贡曰："夫子自道也。"

【译文】

孔子说："君子之道有三条，我都没能做到：仁德的人不忧愁，智慧的人不迷惑，勇敢的人不畏惧。"子贡说："（这正是）老师您的自我描述啊！"

【九州释义】

孔子提出仁、智、勇三条作为君子的标准。其实这也是中国传统文化中的核心思想之一。

## ▼ 本课要点

1. 了解欧阳修、王安石、曾巩的生平。
2. 背诵所选作品。
3. 探讨王安石变法失败的原因。

## 北宋文坛领袖——欧阳修

欧阳修（1007—1072），字永叔，吉州永丰（今江西吉安）人。幼年丧父，家境贫寒，却自幼好学，在母亲的教导下刻苦读书，后来考中进士，步入仕途。

欧阳修是"古文运动"的倡导者，在北宋诗文革新中作出了卓越贡献，有《欧阳文忠公集》《集古录》等作品。他也是著名的史学家，曾经与宋祁共同编修《新唐书》，自己撰写了《新五代史》，这两部史书是中国古代官方史书"二十四史"的重要组成部分。

晚年的欧阳修因反对王安石变法遭到贬官，寄情山水，自号"醉翁"，又号"六一居士"。去世后追谥"文忠"。

## 杰出的改革家——王安石

王安石（1021—1086），字介甫，号半山，今江西临川人，北宋著名政治家、文学家，曾经被封为荆国公，因此又被称为王荆公。

他领导的"王安石变法"给宋代乃至以后的社会都带来了非常大的影响。同时他的诗文多具有浓厚的政治色彩，其中《读孟尝君传》是中国历史上的第一篇驳论文。

# 王安石变法

北宋后期，国家财政危机日益加深，军事力量薄弱。为了改变这种情况，宋神宗启用王安石于 1069 年进行了一场轰轰烈烈的以富国强民为目的的改革，史称"王安石变法"。

王安石上台后大刀阔斧地实施改革，迅速颁布了农田水利法、青苗法、募役法、方田均税法等，并推行保甲法和将兵法以达到强兵目的。这些法令的实施在一定程度上增强了北宋国家的经济和军事实力。

由于王安石变法速度过快，其过程剧烈严苛，又触动了大量中上阶层的利益，所以变法遭到了以司马光为代表的保守派的强烈抵制。宋神宗驾崩后，宋哲宗即位，高太后因哲宗年幼而亲政，启用旧党司马光为相，新法即遭全部废除。王安石变法以失败告终。

# 欧阳修的爱徒——曾巩

曾巩（1019—1083），字子固，建昌南丰（今江西南丰县）人，世称"南丰先生"。北宋散文家、史学家、政治家。出身书香门第，后中进士为官。他是欧阳修的学生，文风接近欧阳修，但成就不及欧阳修。他以"议论"和"记叙"文体见长，语言以古雅、平正著称。

## 浪淘沙·把酒祝东风
### 欧阳修

把酒祝东风，且共从容。垂杨紫陌洛城东。总是当时携手处，游遍芳丛。

聚散苦匆匆，此恨无穷。今年花胜去年红。可惜明年花更好，知与谁同？

## 生查子·元夕
### 欧阳修

去年元夜时，花市灯如昼。月上柳梢头，人约黄昏后。

今年元夜时，月与灯依旧。不见去年人，泪湿春衫袖。

## 城南
### 曾巩

雨过横塘水满堤，
乱山高下路东西。
一番桃李花开尽，
惟有青青草色齐。

## 蝶恋花
### 欧阳修

庭院深深深几许，杨柳堆烟，帘幕无重数。玉勒雕鞍游冶处，楼高不见章台路。

雨横风狂三月暮，门掩黄昏，无计留春住。泪眼问花花不语，乱红飞过秋千去。

## 浣溪沙·百亩中庭半是苔
### 王安石

百亩中庭半是苔，
门前白道水萦回。
爱闲能有几人来？
小院回廊春寂寂，
山桃溪杏两三栽。
为谁零落为谁开？

# 第七课
# 宋初词坛李煜与柳永

## 论语

季文子三思而后行。子闻之曰："再，斯可矣。"

【译文】

季文子遇事总要思考三次，然后才行动。孔子听说后，说："思考两次就可以了。"

【九州释义】

有人刻薄地嘲讽你，你马上尖酸地回敬他。有人做事不计后果，也有人做事瞻前顾后。做事前考虑两次就可以了，如果第三次再考虑一下，很可能就犹豫不决，再也不会去做了。所以谨慎是要的，过分谨慎也许事情就做不成了。

▼ **本课要点**

1. 了解李煜、柳永的生平。
2. 感受婉约词中的婉转含蓄之美。
3. 背诵所选诗篇。

# 李煜

　　李煜（937—978），字重光，号钟隐，五代十国时南唐国君，后来投降宋朝，被囚禁于北宋国都东京（今河南开封），郁郁而终，史称李后主。李煜虽是亡国之君，却有非凡的艺术才华，精通书法、绘画、音律，词的成就最高。

# 柳永

柳永(约987—约1053），世称柳屯田，原名三变，字耆卿，崇安（今福建崇安县）人，婉约派最具代表性的人物之一，北宋时期"职业词人"，名气极大，做过县令、屯田员外郎等小官。词集为《乐章集》。

### 虞美人
李煜

春花秋月何时了，往事知多少。小楼昨夜又东风，故国不堪回首月明中！

雕栏玉砌应犹在，只是朱颜改。问君能有几多愁？恰似一江春水向东流。

### 浪淘沙
李煜

帘外雨潺潺，春意阑珊，罗衾不耐五更寒。梦里不知身是客，一晌贪欢。

独自莫凭栏，无限江山，别时容易见时难。流水落花春去也，天上人间。

### 蝶恋花
柳永

伫倚危楼风细细，望极春愁，黯黯生天际。草色烟光残照里，无言谁会凭阑意。

拟把疏狂图一醉，对酒当歌，强乐还无味。衣带渐宽终不悔，为伊消得人憔悴。

### 鹤冲天·黄金榜上
柳永

黄金榜上。偶失龙头望。明代暂遗贤，如何向。未遂风云便，争不恣狂荡。何须论得丧。才子词人，自是白衣卿相。

烟花巷陌，依约丹青屏障。幸有意中人，堪寻访。且恁偎红倚翠，风流事、平生畅。青春都一饷。忍把浮名，换了浅斟低唱。

# 第八课
# 李清照之"花自飘零水自流"

## 论语

子曰："不在其位，不谋其政。"

【译文】

孔子说："不在那个位置上，就不要考虑那个位置上的事。"

【九州释义】

它告诉人们一定要给自己做一个清晰准确的定位，要立足本职，做好自己的本分工作，把工作做精、做实；不做与自己权力不匹配的事情，亦即不要把注意力放在自己职责范围之外的事情上。

## ▼ 本课要点

1. 熟悉李清照的人生历程。
2. 感受《漱玉词》的细腻之美。
3. 背诵并默写《如梦令》《醉花阴》《一剪梅》《武陵春》。

# 李清照简介

李清照（1084—约1151），自号易安居士，齐州章丘（今山东章丘）人，婉约派代表人物。有"千古第一才女"之称。

李清照成长于书香门第，父亲李格非是苏轼门人，母亲也知书能文，儿时的成长环境为她打下了良好的文学基础。18岁时，李清照和太学生赵明诚结婚，赵明诚爱好金石之学，也有很高的文学修养。

婚后，赵、李二人共同研究金石拓片、鉴赏书画、唱和诗词，开始合写《金石录》，生活比较美满。后金兵南下，赵明诚病故，战乱中夫妻半生收藏的金石器物和书籍大部分散失，李清照被迫改嫁，经历了一次失败的婚姻，最后孤独一生，辗转飘零，极其悲苦。

李清照在诗、词、散文方面都有成就，其词最负盛名。她的词语言通俗自然、善用口语，锤炼而不着痕迹。李清照词风以婉约为主，后期有的作品表现关心政治现实的积极精神，风格刚健清新，有豪放之气，在两宋词坛上独树一帜。她的词被称为"易安体"，对后世影响较大。有词集《漱玉词》流传于世。

# 李清照词作

**如梦令**

常记溪亭日暮，沉醉不知归路。兴尽晚回舟，
误入藕花深处。争渡，争渡，惊起一滩鸥鹭。

## 如梦令

昨夜雨疏风骤，浓睡不消残酒。试问卷帘人，
却道海棠依旧。知否，知否？应是绿肥红瘦。

## 醉花阴

薄雾浓云愁永昼，瑞脑消金兽。佳节又重阳，玉枕纱厨，半夜凉初透。
东篱把酒黄昏后，有暗香盈袖。莫道不销魂，帘卷西风，人比黄花瘦。

## 一剪梅

红藕香残玉簟秋，轻解罗裳，独上兰舟。云中谁寄锦书来？雁字回时，月满西楼。
花自飘零水自流，一种相思，两处闲愁。此情无计可消除，才下眉头，却上心头。

## 武陵春

风住尘香花已尽，日晚倦梳头。物是人非事事休，欲语泪先流。
闻说双溪春尚好，也拟泛轻舟。只恐双溪舴艋舟，载不动许多愁。

# 第九课
# 辛弃疾之"沙场秋点兵"

## 论语

子曰："古之学者为己，今之学者为人。"

【译文】

孔子说："古代学习的人是为了提高自己，现在学习的人是为了炫耀给别人看。"

【九州释义】

"古之学者为己"的"为己之学"也就是"君子之学"，读书是为了来完善自己的。我们今天读书不要成为"今之学者为人"那样，不要成为"小人之学"那样，把读书学习当作增长财富、进行交易的"禽犊"，而要成为君子之学，为己之学，不断地完善自己。

▼ **本课要点**

1. 了解辛弃疾的生平及生活的时代背景。
2. 感受辛弃疾豪迈的词风。
3. 背诵所选诗词。

# 辛弃疾简介

辛弃疾（1140—1207），字幼安。济南府历城（今山东济南）人，南宋著名词人、豪放派代表人物。人称"词中之龙"，与苏轼合称"苏辛"，与李清照并称"济南二安"。

辛弃疾出生于南宋初年，这时正是宋金对峙、中原人民抗金情绪高涨的时期。被祖父抚养长大的辛弃疾目睹中原百姓所受的屈辱和痛苦，立下了"恢复中原、报国雪耻"的志向。

21岁时，辛弃疾参加北方抗金义军，不久率军归顺南宋。他一生力主抗金，有很强的政治和军事才能，曾上书《美芹十论》，分析宋金形势，提出强兵复国的规划，可惜没有被采纳。昏庸的南宋朝廷只想让他应付地方事变，镇压农民起义。

辛弃疾在地方做官，赈济灾民、兴修水利、改革弊政，又得罪了许多特权人物。辛弃疾在政治上屡受打击，数次被罢官，一生抱负未得施展。后退隐山居，1207年秋季，辛弃疾逝世，享年68岁。

辛弃疾的词热情洋溢，慷慨悲壮，继承并发展了苏轼豪放的词风。其独特的词风创作被称为"稼轩体"。强烈的爱国主义思想和战斗精神是辛弃疾词的基本思想内容，主要抒发收复中原、统一祖国的理想及壮志未酬的感慨。另外，辛弃疾还有书写日常生活、溪水情趣和田园风物的作品。有《稼轩长短句》传世，现存词作600多首。

### 青玉案·元夕

东风夜放花千树，
更吹落，星如雨。宝马
雕车香满路。凤箫声动，
玉壶光转，一夜鱼龙舞。

蛾儿雪柳黄金缕，
笑语盈盈暗香去。众里
寻他千百度，蓦然回首，
那人却在，灯火阑珊处。

### 丑奴儿·书博山道中壁

少年不识愁滋味，爱
上层楼，爱上层楼，为赋
新词强说愁。

而今识尽愁滋味，欲
说还休，欲说还休，却道
天凉好个秋。

**破阵子 · 为陈同甫赋壮词以寄之**

醉里挑灯看剑，梦回吹角连营。八百里分麾下炙，五十弦翻塞外声。沙场秋点兵。

马作的卢飞快，弓如霹雳弦惊。了却君王天下事，赢得生前身后名。可怜白发生！

**南乡子 · 登京口北固亭有怀**

何处望神州？满眼风光北固楼。千古兴亡多少事？悠悠。不尽长江滚滚流。

年少万兜鍪，坐断东南战未休。天下英雄谁敌手？曹刘。生子当如孙仲谋。

# 第十课
# 宋词两大派

## 论语

曾子曰："士不可以不弘毅，任重而道远。仁以为己任，不亦重乎？死而后已，不亦远乎？"

【译文】

曾子说："有志者不可以不心胸开阔，意志坚强，（因为）担子沉重而且道路遥远。把实现仁作为自己的责任，难道还不重大吗？至死方休，难道还不遥远吗？"

【九州释义】

《论语》中"士"字共出现十五次，其义有三：（一）泛指一般人士，如"虽执鞭之士"（《述而》第七）；（二）指读书人，如"士志于道"（《里仁》第四）；（三）特指有一定社会地位及影响或有较高修养的人，"士不可以不弘毅"中的士，就是指这种人。这种士不是一般的读书人，而是以实现仁为己任、死而后已的人，推而广之，是有抱负、有作为的人，故其任重而道远。

### ▼ 本课要点

1. 感受宋词豪放与婉约的词风。
2. 了解代表诗人的生平。
3. 背诵所选作品。

# 豪放派

豪放派与婉约派并称为宋词两大词派。

豪放派创作视野更加开阔，从日常生活到自然景象，或者边关沙场，气势恢宏雄放，词风悲壮慷慨，不拘于音律格式限制。

南宋时，文人就已明确地把苏轼、辛弃疾作为豪放派的代表。另外还有范仲淹、岳飞、陆游、陈亮、刘过等杰出词人。豪放词派影响深远，震烁宋代词坛，直到清代，都一直有词人大力学习"苏辛"。

范仲淹（989—1052），字希文，吴县（今江苏苏州）人，宋初一代名臣。为官清廉，文武兼备，他治军有方，曾镇守西北边陲，使西夏不敢进犯，连西夏王李元昊都惧他三分；面对初露衰象的朝廷，范仲淹上书变法，提出改革，史称"庆历新政"，为王安石变法打下了基础，但最终遭遇贬官。他的名句"先天下之忧而忧，后天下之乐而乐"，是他一生的真实写照。

岳飞（1103—1142），字鹏举，汤阴（今河南汤阴）人，南宋抗金名将。早年在北方参与抗金队伍，身先士卒，文武双全，受到大将军宗泽赏识，在军中官职火速提升，后率兵取得"朱仙镇大捷"，所率"岳家军"在北方打出威名。后因反对宋金议和，遭到秦桧等人的诬陷，以"莫须有"的"谋反"罪名定罪，后被杀害，直到宋孝宗时期，岳飞冤案才被平反。

# 豪放派词作

**渔家傲 · 秋思**

范仲淹

塞下秋来风景异，衡阳雁去无留意。四面边声连角起。千嶂里，长烟落日孤城闭。

浊酒一杯家万里，燕然未勒归无计。羌管悠悠霜满地。人不寐，将军白发征夫泪。

**满江红 · 怒发冲冠**

岳飞

怒发冲冠，凭栏处，潇潇雨歇。抬望眼，仰天长啸，壮怀激烈。三十功名尘与土，八千里路云和月。莫等闲，白了少年头，空悲切！

靖康耻，犹未雪。臣子恨，何时灭！驾长车，踏破贺兰山缺。壮志饥餐胡虏肉，笑谈渴饮匈奴血。待从头，收拾旧山河，朝天阙。

# 婉约派

婉约派是宋词流派之一。婉约的意思就是婉转含蓄。婉约词内容侧重儿女情长，语言圆润清丽，有一种柔婉之美。婉约词风长期支配词坛，代表词人是柳永、李煜、晏殊、晏几道、秦观、蒋捷和李清照等。

晏殊（991—1055），字同叔，临川（今江西抚州）人。晏殊7岁就能做文章，14岁以神童得到举荐，官至宰相，一生富贵优游，传世有《珠玉词》。

秦观（1049—1100），字少游，号淮海居士，高邮（今江苏高邮）人，由苏轼举荐入朝，官至太学博士，国史馆编修。秦观一生坎坷，多次遭贬谪。有《淮海居士长短句》流传于世。

蒋捷（约1245—1305后），字胜欲，号竹山，阳羡（今江苏宜兴）人。南宋亡国后，隐居不仕，其词多抒发故国之思，以悲凉清俊为主。有《竹山词》流传于世。

# 婉约派词作

## 浣溪沙·一曲新词酒一杯
晏殊

一曲新词酒一杯，去年天气旧亭台。夕阳西下几时回？
无可奈何花落去，似曾相识燕归来。小园香径独徘徊。

## 鹊桥仙
秦观

纤云弄巧，飞星传恨，银汉迢迢暗度。金风玉露一相逢，便胜却人间无数。
柔情似水，佳期如梦，忍顾鹊桥归路。两情若是久长时，又岂在朝朝暮暮。

## 虞美人·听雨
蒋捷

少年听雨歌楼上，红烛昏罗帐。壮年听雨客舟中，江阔云低，断雁叫西风。
而今听雨僧庐下，鬓已星星也。悲欢离合总无情。一任阶前，点滴到天明。

# 第十一课
# 陆游之"梦断香消四十年"

## 论语

子曰："始吾于人也,听其言而信其行;今吾于人也,听其言而观其行。于予与改是。"

【译文】

孔子说:"以前我对人的态度是,只要听到他说的话,便相信他的行为;现在我对人的态度是,听到他说的话,还要考察他的行为,才能相信。从宰予这里我就改变了这种态度。"

【九州释义】

不能以言取人,也不能以貌取人,只有"听言观行",才能正确评价一个人。

## ▼ 本课要点

1. 了解陆游的爱情故事。
2. 背诵《钗头凤·红酥手》《沈园二首》《春游》。

# 陆游生平

陆游（1125—1210），南宋文学家、史学家、爱国诗人。字务观，号放翁。山阴（今浙江绍兴）人。

陆游生于书香门第，出生时正值金兵南下，在战乱逃亡中成长，又深受父辈们的爱国思想影响，形成了忧国忧民的爱国情怀。后参加科举考试，名列前茅，却因为比秦桧的孙子名次靠前而被除名。直到秦桧死后，陆游才被起用。他做官后，又因为主张抗金，被主和派排挤，屡次被罢官回家。陆游一生都希望南宋能够收复失地，然而这种愿望始终没有实现。嘉定三年（1210年），85岁的陆游依旧未见国土收复，怀着遗恨，与世长辞。

陆游还有一段刻骨铭心的爱情，也是一段失败的婚姻，这件事带来的伤痛伴随了陆游的一生，他写了诗词抒发这种痛苦的心情。

# 陆游诗词

### 钗头凤

红酥手，黄縢酒，满城春色宫墙柳。东风恶，欢情薄。一怀愁绪，几年离索。错，错，错。

春如旧，人空瘦，泪痕红浥鲛绡透。桃花落，闲池阁。山盟虽在，锦书难托。莫，莫，莫！

### 钗头凤

世情薄，人情恶，雨送黄昏花易落。晓风干，泪痕残。欲笺心事，独语斜阑。难，难，难！

人成各，今非昨，病魂常似秋千索。角声寒，夜阑珊。怕人寻问，咽泪装欢。瞒，瞒，瞒！

### 沈园二首

其一
城上斜阳画角哀，
沈园非复旧池台。
伤心桥下春波绿，
曾是惊鸿照影来。

其二
梦断香消四十年，
沈园柳老不吹绵。
此身行作稽山土，
犹吊遗踪一泫然。

### 春游

沈家园里花如锦，
半是当年识放翁。
也信美人终作土，
不堪幽梦太匆匆。

# 第十二课
# 陆游之"中原北望气如山"

## 论语

子曰："以约失之者鲜矣。"

【译文】

孔子说："经常能约束自己的人，犯错误的时候就少了。"

【九州释义】

凡是自律性很强的人，皆能有所成就。刷牙洗脸是每天必须要做的事情，但是有一天你回到家已筋疲力尽，不洗漱倒床就睡，是在放纵自己的行为；如果你克服身体上的疲惫，坚持进行洗漱，这是你自律的表现。人们往往会遇到一些让自己讨厌或行动受阻挠的事情，而在这种情况下，你就应该克服情绪的干扰接受考验。

## ▼ 本课要点

1. 了解陆游所写诗、词的特点。
2. 背诵《书愤》《冬夜读书示子聿》。

## 陆游的诗

陆游的诗流传至今的有9200多首，堪称中国古代诗作最多的诗人。他的诗可分成三个阶段：

45岁以前，陆游在生活、科举、爱情上都遭遇挫折，视野还不够宽阔，创作偏重技巧，思想的广度和深度都还不够，存诗较少，只有200多首。

在46岁到65岁期间，陆游的创作较多，约2000余首。诗人到四川一带为官，参与北伐。西南一代美丽的风光和历史文化为他提供了丰富的创作素材，同时也激发了他强烈的爱国热情，其作品形成了鲜明的爱国主义风格。

后期是66岁至85岁，除中间有一次短暂的做官经历之外，陆游一直在故乡闲居。这一时期陆游的诗作最多，约7000首，他亲自参加劳动，和农民相处十分融洽，在比较安定的环境中体会生活，写下了不少反映农村生活的诗篇，具有清旷淡远的田园风味，趋向质朴而沉实的创作风格，但他的爱国思想和积极奋斗的精神仍保存着。

陆游的诗虽然呈现多姿多彩的风格，但还是以现实主义为主，兼具浪漫主义特色。他继承了屈原、李白、杜甫等伟大诗人的风格，立足于自己的时代做了出色的发挥，把诗歌推向了新境地。

陆游在诗歌的创作上，成绩特别突出，与当时的尤袤、杨万里、范成大并称为南宋四大诗人。

## 陆游的词

陆游虽然以诗人著称，但同时也擅长写词，现存词作140余首。他的词与他的诗一样，也有激昂慷慨和清淡秀逸两种风格。他的爱国词，慷慨悲壮，如《诉衷情》（当年万里觅封侯），这类词的风格接近辛弃疾，词史上有"辛陆"之称。他的大部分词婉约特色浓郁，如《钗头凤》（红酥手）是他写给前妻唐琬的，倾吐了深挚的思念和无奈之痛，写得哀婉缠绵，是宋词中爱情主题的名篇。有的词则表现出陆游的人格追求，如《卜算子·咏梅》（驿外断桥边），这类词寓意深刻，和苏轼的作品风格比较接近。

# 陆游诗词

## 游山西村

莫笑农家腊酒浑，丰年留客足鸡豚。
山重水复疑无路，柳暗花明又一村。
箫鼓追随春社近，衣冠简朴古风存。
从今若许闲乘月，拄杖无时夜叩门。

## 卜算子·咏梅

驿外断桥边，寂寞开无主。已是黄昏独自愁，更著风和雨。
无意苦争春，一任群芳妒。零落成泥碾作尘，只有香如故。

## 书愤

早岁那知世事艰，中原北望气如山。楼船夜雪瓜洲渡，铁马秋风大散关。
塞上长城空自许，镜中衰鬓已先斑。出师一表真名世，千载谁堪伯仲间！

## 冬夜读书示子聿

古人学问无遗力，少壮工夫老始成。
纸上得来终觉浅，绝知此事要躬行。

## 三月十七日夜醉中作

前年脍鲸东海上，白浪如山寄豪壮；
去年射虎南山秋，夜归急雪满貂裘。
今年摧颓最堪笑，华发苍颜羞自照。
谁知得酒尚能狂，脱帽向人时大叫。
逆胡未灭心未平，孤剑床头铿有声。
破驿梦回灯欲死，打窗风雨正三更。

# 第十三课
# 诗词之后的瑰宝——元曲

## 论语

子曰："朝闻道，夕死可矣。"

【译文】

孔子说："早上明白了真理，晚上死去，也是值得的。"

【九州释义】

一个人最宝贵的东西当然就是生命，而有些人认为还有比生命更宝贵的，比如梦想。"道"，何为"道"，千百年来，无数仁人志士都在解释这个"道"，也许那就是我们一生中追求的梦想吧。

## ▼ 本课要点

1. 了解元曲的基本定义及产生的时代背景。
2. 熟知"元曲四大家"。
3. 背诵本课所选元曲小令。

## 元曲概说

元朝时民族融合空前，思想比较活跃，但由于元朝统治者的民族歧视和对科举制度的轻视，导致许多传统文人失去政治前途，这一时期的文人与普通民众联系更加密切，文学也更加接近生活。也就是在这种背景下，继唐诗、宋词之后，元曲出现了。

元曲有着它独特的魅力：一方面，元曲继承了诗词的清丽婉转；另一方面，元曲放射出极为夺目的光彩，透出反抗的情绪，其描写爱情的作品也比历代诗词泼辣、大胆。这些均足以使元曲永葆其艺术魅力。

元曲包括散曲和杂剧两部分。

## 散曲

散曲在元代是配合当时北方流行的音乐曲调撰写的合乐歌词，是一种起源于民间新生的汉族音乐文学，是当时一种雅俗共赏的新体诗。有小令和套数两种基本形式。

小令又名"叶儿"，相当于一首诗或一阕词。由于它是能唱的文字，所以就有不同的曲调。每个曲调有一个名称，叫曲牌。套数就是同一宫调不同曲牌的若干小令相连而成的组曲。

# 散曲作品

## 【中吕】山坡羊·潼关怀古

张养浩

峰峦如聚，波涛如怒，山河表里潼关路。望西都，意踌躇。

伤心秦汉经行处，宫阙万间都做了土。兴，百姓苦。亡，百姓苦！

## 【中吕】卖花声·怀古

张可久

美人自刎乌江岸，战火曾烧赤壁山，将军空老玉门关。伤心秦汉，生民涂炭，读书人一声长叹。

## 【越调】天净沙·秋思

马致远

枯藤老树昏鸦，小桥流水人家，古道西风瘦马。夕阳西下，断肠人在天涯。

## 【越调】天净沙·秋

白朴

孤村落日残霞，轻烟老树寒鸦，一点飞鸿影下。青山绿水，白草红叶黄花。

## 【南吕】四块玉·别情

关汉卿

自送别，心难舍，一点相思几时绝？凭阑袖拂杨花雪。溪又斜，山又遮，人去也！

## 【双调】殿前欢·楚怀王

贯云石

楚怀王，忠臣跳入汨罗江。《离骚》读罢空惆怅，日月同光。

伤心来笑一场，笑你个三闾强，为甚不身心放？沧浪污你，你污沧浪。

# 第十四课
# 元曲四大悲剧选讲

## 论语

孔子谓季氏："八佾舞于庭，是可忍也，孰不可忍也！"

【译文】

有一次，孔子谈论季平子，在谈到这件事的时候，孔子说："他竟然敢在自家的庭院里违背周礼，用64人的乐舞队奏乐舞蹈。如果这个都可以容忍，还有什么不可以容忍的呢？"

【九州释义】

是可忍，孰不可忍：今意是指事情恶劣到了让人不能忍耐的地步。

## ▼ 本课要点

1. 了解中国戏曲的发展脉络。
2. 熟知"元曲四大悲剧"的内容梗概。
3. 复述《窦娥冤》《赵氏孤儿》。

# 元杂剧

戏剧在中国有着悠远的历史，上古时期就有各种各样的巫术歌舞，到西周末年有了表演歌舞及滑稽调笑的"优人"，汉代出现了包括各种杂技幻术的"百戏"及带有简单故事情节和角色扮演的歌舞戏、参军戏。北宋时期，市民阶层不断扩大，出现了专业的戏班和娱乐场所。南宋时期，南方的温州杂剧故事完整，结构复杂，角色较为完备。北方的金，有了演出时的脚本，叫院本。这一时期还有一种流行的演唱艺术，叫诸宫调。

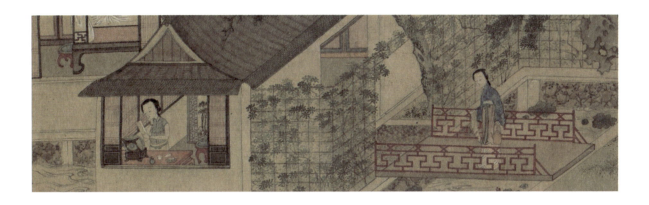

元杂剧就是在宋杂剧、金院本和诸宫调的基础上发展起来的一种成熟的戏剧形式。它融合唐宋以来的各种戏曲艺术因素，把歌曲、宾白、舞蹈等结合起来，形成了韵文与散文相结合的独特语言艺术，具有复杂的情节、完整的结构，塑造出许多生动的人物形象，广泛地反映社会现实，表达人们的理想。

元代涌现了大批的优秀剧作家和作品。据现存资料估计，剧作家应该有200人左右，杂剧作品应该有近600种，可惜由于统治阶级和封建文人的歧视，大部分作品散失了。元代杂剧的主要作家及作品有：关汉卿，代表作《窦娥冤》《救风尘》《单刀会》等；王实甫，代表作《西厢记》；白朴，代表作《墙头马上》《梧桐雨》；马致远，代表作《汉宫秋》；郑光祖，代表作《倩女离魂》。

关汉卿、白朴、马致远、郑光祖（一说是王实甫）被称为"元曲四大家"。

此外，还有石君宝的《秋胡戏妻》、纪君祥的《赵氏孤儿》、康进之的《李逵负荆》、尚仲贤的《柳毅传书》、李好古的《张生煮海》等都是非常著名的杂剧作品。

元杂剧题材广泛，有的取材于历史故事，有的来自民间传说，还有的取材于现实生活。内容反映了广阔的社会生活，有的揭露社会黑暗，反映人民的疾苦；有的歌颂人民的反抗斗争精神；还有的反映妇女的悲惨命运。

元曲四大悲剧分别是关汉卿的《窦娥冤》、马致远的《汉宫秋》、白朴的《梧桐雨》和纪君祥的《赵氏孤儿》。

# 关汉卿和《窦娥冤》

关汉卿，号已斋叟，大都（今北京）人，生卒年不详。他是中国文学史上一位伟大的戏剧家，一生写了60多部杂剧，是中国戏曲的奠基人，居"元曲四大家"之首。

《窦娥冤》是关汉卿的代表作。讲述了山阴书生窦天章因上京赶考，借了寡妇蔡婆的高利贷，无力偿还蔡婆，便把七岁的女儿窦娥送给蔡婆当童养媳来抵债。窦娥长大后与蔡婆儿子成婚，婚后两年蔡子病死。后来蔡婆向赛卢医索债，被赛卢医骗至郊外欲将其谋害，为流氓张驴儿父子撞见。赛卢医惊走后，张驴儿强

迫蔡婆与窦娥嫁给他们父子，遭到窦娥的坚决反抗。蔡婆有病，张驴儿在窦娥给婆婆做的汤里放了毒药，想毒死蔡婆，霸占窦娥。谁知张驴儿他爹喝了汤反被毒死了。张驴儿诬陷蔡婆害死自己的父亲，买通县令，对蔡婆施以酷刑。窦娥心疼婆婆，自己含冤承担罪名，被判处死刑。窦娥临刑前向天发出三个愿望：血溅白练，六月飞雪，大旱三年，以证明她是冤死的。窦娥死后，她的三桩誓愿都应验了。后来，窦天章做了大官，窦娥冤魂出现，细说了冤情。窦天章细审案件，将张驴儿判死罪，为窦娥平反，宣判刚完，大雨从天而降。

《窦娥冤》故事源于《列女传》中的《东海孝妇》。但关汉卿并没有局限在这个传统故事里，而是紧紧扣住当时的社会现实，用这段故事，真实而深刻地反映出了元朝统治下中国社会极端黑暗、极端残酷、极端混乱的时代悲剧，表现了中国人民坚强不屈的斗争精神和争取独立生存的强烈要求。

# 《窦娥冤》节选

第三折

（外扮监斩官上，云）下官监斩官是也。今日处决犯人，着做公的把住巷口，休放往来人闲走。

（净扮公人，鼓三通，锣三下科，刽子磨旗、提刀、押正旦带枷上，刽子云）行动些，行动些，监斩官去法场上多时了。

（正旦唱）【正宫·端正好】没来由犯王法，不提防遭刑宪，叫声屈动地惊天。顷刻间游魂先赴森罗殿，怎不将天地也生埋怨。

【滚绣球】有日月朝暮悬，有鬼神掌着生死权。天地也！只合把清浊分辨，可怎生糊突了盗跖、颜渊？为善的受贫穷更命短，造恶的享富贵又寿延。天地也！做得个怕硬欺软，却原来也这般顺水推船！地也，你不分好歹何为地！天也，你错勘贤愚枉做天！哎，只落得两泪涟涟。

（刽子云）快行动些，误了时辰也。

（正旦唱）【倘秀才】则被这枷纽的我左侧右偏，

人拥的我前合后偃。我窦娥向哥哥行有句言。

（刽子云）你有甚么话说？

（正旦唱）前街里去心怀恨，后街里去死无冤，休推辞路远。

（刽子云）你如今到法场上面，有什么亲眷要见的，可教他过来，见你一面也好。

【叨叨令】可怜我孤身只影无亲眷，则落的吞声忍气空嗟怨。

（刽子云）难道你爷娘家也没的？

（正旦云）止有个爹爹，十三年前上朝取应去了，至今杳无音信。

（唱）早已是十年多不睹爹爹面。

（刽子云）你适才要我往后街里去，是甚么主意？

（正旦唱）怕则怕前街里被我婆婆见。

（刽子云）你的性命也顾不得，怕他见怎的？

（正旦云）俺婆婆若见我披枷带锁赴法场餐刀去呵。

（唱）枉将他气杀也么哥，枉将他气杀也么哥。告哥哥，临危好与人行方便。

（卜儿哭上科，云）天那，兀的不是我媳妇儿！

（刽子云）婆子靠后。

（正旦云）既是俺婆婆来了，叫他来，待我嘱咐他几句话咱。

（刽子云）那婆子，近前来，你媳妇要嘱咐你话哩。

（卜儿云）孩儿，痛杀我也。

（正旦云）婆婆，那张驴儿把毒药放在羊肚儿汤里，实指望药死了你，要霸占我为妻。不想婆婆让与他老子吃，倒把他老子药死了。我怕连累婆婆，屈招了药死公公，今日赴法场典刑。婆婆，此后遇着冬时年节，月一十五，有澉不了的浆水饭，澉半碗儿与我吃；烧不了的纸钱，与窦娥烧一陌儿。则是看你死的孩儿面上。（唱）

【快活三】念窦娥葫芦提当罪愆，念窦娥身首不完全，念窦娥从前已往干家缘，婆婆也，你只看窦娥少爷无娘面。

【鲍老儿】念窦娥伏侍婆婆这几年，遇时节将碗凉浆奠；你去那受刑法尸骸上烈些纸钱，只当把你亡化的孩儿荐。

（卜儿哭科，云）孩儿放心，这个老身都记得。天那，兀的不痛杀我也。

（正旦唱）婆婆也，再也不要啼啼哭哭，烦烦恼恼，怨气冲天。这都是我做窦娥的没时没运，不明不暗，负屈衔冤。

（刽子做喝科，云）兀那婆子靠后，时辰到了也。

（正旦跪科）（刽子开枷科）（正旦云）窦娥告监斩大人，有一事肯依窦娥，便死而无怨。

（监斩官云）你有什么事？你说。

（正旦云）要一领净席，等我窦娥站立，又要丈二白练，挂在旗枪上。若是我窦娥委实冤枉，刀过处头落，一腔热血休半点儿沾在地下，都飞在白练上者。

（监斩官云）这个就依你，打什么不紧。

（刽子做取席站科，又取白练挂旗上科）

（正旦唱）【耍孩儿】不是我窦娥罚下这等无头愿，委实的冤情不浅。若没些儿灵圣与世人传，也不见得湛湛青天。我不要半星热血红尘洒，都只在八尺旗枪素练悬。等他四下里皆瞧见，这

107

就是咱苌弘化碧，望帝啼鹃。

（刽子云）你还有甚的说话，此时不对监斩大人说，几时说那？

（正旦再跪科，云）大人，如今是三伏天道，若窦娥委实冤枉，身死之后，天降三尺瑞雪，遮掩了窦娥尸首。

（监斩官云）这等三伏天道，你便有冲天的怨气，也召不得一片雪来，可不胡说！

（正旦唱）【二煞】你道是暑气暄，不是那下雪天；岂不闻飞霜六月因邹衍？若果有一腔怨气喷如火，定要感的六出冰花滚似锦，免着我尸骸现；要什么素车白马，断送出古陌荒阡！

（正旦再跪科，云）大人，我窦娥死的委实冤枉，从今以后，着这楚州亢旱三年。

（监斩官云）打嘴！那有这等说话！

（正旦唱）【一煞】你道是天公不可期，人心不可怜，不知皇天也肯从人愿。做甚么三年不见甘霖降？也只为东海曾经孝妇冤，如今轮到你山阳县，这都是官吏

每无心正法，使百姓有口难言！

（刽子做磨旗科，云）怎么这一会儿天色阴了也？

（内做风科，刽子云）好冷风也！

（正旦唱）【煞尾】浮云为我阴，悲风为我旋，三桩儿誓愿明提遍。

（做哭科，云）婆婆也，直等待雪飞六月，亢旱三年呵。

（唱）那其间才把你个屈死的冤魂这窦娥显！

（刽子做开刀，正旦倒科）（监斩官惊云）呀，真个下雪了，有这等异事！

（刽子云）我也道平日杀人，满地都是鲜血，这个窦娥的血，都飞在那丈二白练上，并无半点落地，委实奇怪。

（监斩官云）这死罪必有冤枉，早两桩儿应验了，不知亢旱三年的说话，准也不准？且看后来如何。左右，也不必等待雪晴，便与我抬她尸首，还了那蔡婆婆去罢。

（众应科，抬尸下）

# 马致远和《汉宫秋》

马致远，字千里，号东篱，大都（今北京）人，一说是河北东光县马祠堂村人，生卒年不详，元代杂剧家、散曲家。年轻时热衷功名，但一直没能实现，晚年隐居田园。他作品有 16 种，今存 7 种。因《天净沙·秋思》而被誉为"秋思之祖"。

《汉宫秋》写的是汉元帝性情孤僻多疑，任用宦官石显为中书令。石显与五鹿充宗及宫廷画师毛延寿等谄媚小人把持朝政，狼狈为奸，沆瀣一气。为了防止皇帝亲近儒臣，他们建议在全国采选美女入宫。秭归美女王昭君，天生丽质，被征选入宫。毛延寿色欲熏心，想趁机占为己有，遭王昭君拒绝。毛延寿怀恨在心，故意将王昭君的画像画得丑陋不堪。因而王昭君入宫三年，无缘得见君王之面。汉元帝偶然听到昭君弹琵琶，一见之下惊为天人，遂生爱意。这才知道，毛延寿索贿不成竟然将王昭君画丑。盛怒之下，元帝下旨查抄毛府。毛延寿在同党的帮助下，逃出长安，投奔匈奴。而后，毛延寿挑动呼韩邪单于，

# 《汉宫秋》节选

大举内侵，向汉朝廷索要王昭君做匈奴阏氏。匈奴军队直逼长安，朝廷上下，一片恐惧。元帝舍不得昭君，但是满朝文武怯懦自私，没有一个人敢主动请战，反以女性败国为由，众口一词，把责任全推到王昭君身上。王昭君为国家大计着想，勉强上路，可她心中不愿离开故土，在随匈奴使者来到胡汉交界黑江边时，投江自尽，以全忠贞。单于将毛延寿送还汉朝处置。汉元帝夜间梦见昭君后惊醒，又听到孤雁哀鸣，伤痛不已，将毛延寿斩首。

第三折

（番使拥旦上，奏胡乐科，旦云）妾身王昭君，自从选入宫中，被毛延寿将美人图点破，送入冷宫；甫能得蒙恩幸，又被他献与番王形像。今拥兵来索，待不去，又怕江山有失；没奈何将妾身出塞和番。这一去，胡地风霜，怎生消受也！自古道："红颜胜人多薄命，莫怨春风当自嗟。"（驾引文武内官上，云）今日灞桥饯送明妃，却早来到也。（唱）

【双调·新水令】锦貂裘生改尽汉宫妆，我则索看昭君画图模样。旧恩金勒短，新恨玉鞭长。本是对金殿鸳鸯，分飞翼，怎承望！

（云）您文武百官计议，怎生退了番兵，免明妃和番者。（唱）

【驻马听】宰相每商量，大国使还朝多赐赏。早是俺夫妻悒快，小家儿出外也摇装。尚兀自渭城衰柳助凄凉，共那灞桥流水添惆怅。偏您不断肠，想娘娘那一天愁都撮在琵琶上。

（做下马科）（与旦打悲科）（驾云）左右慢慢唱者，我与明妃饯一杯酒。（唱）

【步步娇】您将那一曲阳关休轻放，俺咫尺如天样，慢慢的捧玉觞。朕本意待尊前挨些时光，且休问劣了宫商，您则与我半句儿俄延着唱。

（番使云）请娘娘早行，天色晚了也。（驾唱）

【落梅风】可怜俺别离重，你好是归去的忙。寡人心先到他李陵台上？回头儿却才魂梦里想，便休题贵人多忘。

（旦云）妾这一去，再何时得见陛下？把我汉家衣服都留下者。（诗云）正是：今日汉宫人，明朝胡地妾；忍着主衣裳，为人作春色！（留衣服科）（驾唱）

【殿前欢】则什么留下舞衣裳，被西风吹散旧时香。我委实怕宫车再过青苔巷，猛到椒房，那一会想菱花镜里妆，风流相，兜的又横心上。看今日昭君出塞，几时似苏武还乡？

（番使云）请娘娘行罢，臣等来多时了也。（驾云）罢罢罢！明妃，你这一去，

休怨朕躬也。（做别科，驾云）我哪里是大汉皇帝！（唱）

【雁儿落】我做了别虞姬楚霸王，全不见守玉关征西将。那里取保亲的李左车，送女客的萧丞相？

（尚书云）陛下不必挂念。（驾唱）

【得胜令】他去也不沙架海紫金梁，枉养着那边庭上铁衣郎。您也要左右人扶侍，俺可甚糟糠妻下堂！您但提起刀枪，却早小鹿儿心头撞。今日央及煞娘娘，怎做的男儿当自强！

（尚书云）陛下，咱回朝去罢。（驾唱）

【川拨棹】怕不待放丝缰，咱可甚鞭敲金镫响。你管燮理阴阳，掌握朝纲，治国安邦，展土开疆；假若俺高皇，差你个梅香，背井离乡，卧雪眠霜，若是他不恋恁春风画堂，我便官封你一字王。

（尚书云）陛下，不必苦死留他，着他去了罢。（驾唱）

【七弟兄】说什么大王不当恋王嫱，兀良！怎禁他临去也回头望。那堪这散风雪旌节影悠扬，动关山鼓角声悲壮。

【梅花酒】呀！俺向着这迥野悲凉。草已添黄，兔早迎霜。犬褪得毛苍，人搠起缨枪，马负着行装，车运着糇粮，打猎起围场。他、他、他，伤心辞汉主；我、我、我，携手上河梁。他部从入穷荒；我銮舆返咸阳。返咸阳，过宫墙；过宫墙，绕回廊；绕回廊，近椒房；近椒房，月昏黄；月昏黄，夜生凉；夜生凉，泣寒螀；泣寒螀，绿纱窗；绿纱窗，不思量！

【收江南】呀！不思量，除是铁心肠；铁心肠，也愁泪滴千行。美人图今夜挂昭阳，我那里供养，便是我高烧银烛照红妆。

（尚书云）陛下，回銮罢，娘娘去远了也。（驾唱）

【鸳鸯煞】我索大臣行说一个推辞谎，又则怕笔尖儿那伙编修讲。不见他花朵儿精神，怎趁那草地里风光？唱道伫立多时，徘徊半晌，猛听的塞雁南翔，呀呀的声嘹亮，却原来满目牛羊，是兀那载离恨的毡车半坡里响。（下）

（番王引部落拥昭君上，云）今日汉朝不弃旧盟，将王昭君与俺番家和亲。我将昭君封为宁胡阏氏，坐我正宫。两国息兵，多少是好。众将士，传下号令，大众起行，望北而去。（做行科）（旦问云）这里甚地面了？（番使云）这是黑江，番汉交界去处。南边属汉家，北边属我番国。（旦云）大王，借一杯酒望南浇奠，辞了汉家，长行去罢。（做奠酒科，云）汉朝皇帝，妾身今生已矣，尚待来生也。（做跳江科）（番王惊救不及，叹科，云）嗨！可惜，可惜！昭君不肯入番，投江而死。罢罢罢！就葬在此江边，号为青冢者。我想来，人也死了，枉与汉朝结下这般仇隙，都是毛延寿那厮搬弄出来的。把都儿，将毛延寿拿下，解送汉朝处治，我依旧与汉朝结和，永为甥舅，却不是好？（诗云）则为他丹青画误了昭君，背汉主暗地私奔；将美人图又来哄我，要索取出塞和亲。岂知道投江而死，空落的一见消魂。似这等奸邪逆贼，留着他终是祸根；不如送他去汉朝哈喇，依还的甥舅礼，两国长存。（下）

# 白朴和《梧桐雨》

白朴（1226—1306后），原名恒，字仁甫，一字太素，号兰谷。祖籍山西隩州（今山西河曲县南），后迁居河北真定（今河北正定）。出身仕宦之家，其父白华，曾任金朝枢密院经历官，也是著名文士，与元好问是好朋友。

《梧桐雨》写的是安禄山有一次未能完成军令，幽州节度使张守圭本欲将他斩首，惜其骁勇，将他押至京城问罪。丞相张九龄奏请明皇杀掉安禄山，明皇不从，反而召见授官。此时贵妃正受宠幸，奉明皇命收安禄山为义子。后来安禄山因与杨国忠不和，出京任范阳节度使。七月七日，贵妃与明皇在长生殿欢宴。明皇将金钗盒赐给贵妃，酒酣之际，二人深感牛郎织女的坚贞，对星盟誓，愿生生世世为夫妇。

好景不长，天宝十四年（755年），贵妃正在品尝她喜爱的荔枝，安禄山谋反的消息传到，明皇携贵妃仓皇入蜀。驻扎马嵬驿时，军队起了骚乱。龙武将军陈元礼请明皇诛杀祸国殃民的杨国忠，明皇依言而行。但军队仍不肯前进，陈元礼又请诛杀媚惑君王的杨贵妃。明皇无奈，令高力士将杨贵妃带到佛堂中，由她自尽。这样，军队得到了安抚，保护明皇逃亡。肃宗收复京都后，太上皇（明皇）闲居西宫，悬挂贵妃像，与之朝夕相对，追念不已。一夜，明皇正在梦中与贵妃相见，却被梧桐雨惊醒。他追思往日与贵妃相处情景，惆怅万分。

# 纪君祥和《赵氏孤儿》

纪君祥，大都（今北京）人，生卒年不详。元代戏曲作家，著有杂剧6种，现存《赵氏孤儿》及《陈文图悟道松阴梦》残曲。

《赵氏孤儿》写的是春秋后期的晋灵公时，大将军屠岸贾与文臣赵盾不和，设计陷害赵盾，在灵公面前指责赵盾为奸臣。屠岸贾怂恿国君抄斩赵氏满门。赵盾因此被满门抄斩，仅有其子赵朔怀有身孕的妻子庄姬得以幸免，她是国君的姐姐。庄姬回宫后，生下一个男婴，叫赵武。庄姬以看病为名，将孩子托付于赵家门客程婴，亦自缢而死。程婴将婴儿放在药箱里，负责看守的韩厥同情赵家，放走程婴与赵氏孤儿后亦自刎。程婴携婴儿投奔赵盾老友公孙杵臼。屠岸贾要斩草除根，却追查不到赵氏孤儿，气急败坏，宣布要把全国半岁以内的婴儿全部杀光。

为了保全赵氏孤儿和晋国所有的无辜婴儿，程婴与公孙杵臼商议，要献出自己亲生儿子以保全赵家命脉。

后程婴便向屠岸贾告发公孙杵臼私藏赵氏孤儿，屠岸贾信以为真，派人搜出婴儿，三剑剁死，程婴见亲子惨死，忍痛不语。公孙杵臼大骂屠岸贾后触阶而死。屠岸贾心事已了，便收程婴为门客，程婴从此背负着卖友求荣的骂名，苦心教育，把赵武培养成一个文武双全的青年。

后来，程婴把真相告诉了赵武，在大将军魏绛的帮助下，赵武杀死屠岸贾。赵家大仇得报，救护赵家的众人受到封赏。程婴的忠义之举也随之大白于天下。

# 《赵氏孤儿》节选

（屠岸贾领卒子上，云）事不关心，关心者乱。某屠岸贾，只为公主生下一个小的，唤做赵氏孤儿，我差下将军韩厥把住府门，搜检奸细；一面张挂榜文，若有掩藏赵氏孤儿者，全家处斩，九族不留。怕那赵氏孤儿会飞上天去？怎么这早晚还不见送到孤儿，使我放心不下。令人，与我门外觑者。

（卒子报科，云）报元帅，祸事到了也。

（屠岸贾云）祸从何来？

（卒子云）公主在府中将裙带自缢而死。把府门的韩厥将军也自刎身亡了也。

（屠岸贾云）韩厥为何自刎了？必然走了赵氏孤儿，怎生是好？眉头一皱，计上心来。我如今不免诈传灵公的命，把晋国内但是半岁之下、一月之上，新添的小厮，都与我拘刷将来，见一个剁三剑，其中必然有赵氏孤儿，可不除了我这腹心之害？令人，与我张挂榜文，着晋国内但是半岁之下、一月之上，新添的小厮，都拘刷到我帅府中来听令，违者全家处斩，九族不留。

（诗云）我拘刷尽晋国婴孩，料孤儿没处藏埋。一任他金枝玉叶，难逃我剑下之灾。（下）

（正末扮公孙杵臼，领家童上，云）老夫公孙杵臼是也，在晋灵公位下为中大夫之职，只因年纪高大，见屠岸贾专权，老夫掌不得王事，罢职归农。苫庄三顷地，扶手一张锄，住在这吕吕太平庄上。往常我夜眠斗帐听寒角，如今斜倚柴门数雁行。倒大来悠哉也呵。（唱）

【南吕·一枝花】兀的不屈沉杀大丈夫，损坏了真梁栋。被那些腌臜屠狗辈，欺负俺慷慨钓鳌翁。正遇着不道的灵公，偏贼子加恩宠，著贤人受困穷。若不是急流中将脚步抽回，险些儿闹市里把头皮断送。

【梁州第七】他、他、他在元帅府扬威也那耀勇，我、我、我在太平庄罢职归农，再休想鹓班豹尾相随从。他如今官高一品，位极三公，户封八县，禄享千锺，见不平处有眼如蒙，听咒骂处有耳如聋。他、他、他只将那

会谄谀的着列鼎重裀，害忠良的便加官请俸，耗国家的都叙爵论功。他、他、他只贪着目前受用，全不省爬的高来可也跌的来肿，怎如俺守田园学耕种，早跳出伤人饿虎丛，倒大来从容。

（程婴上，云）程婴，你好慌也！小舍人，你好险也！屠岸贾，你好狠也！我程婴虽然担着个死，撞出城来，闻的那屠岸贾见说走了赵氏孤儿，要将晋国内半岁之下、一月之上小孩儿每，都拘摄到元帅府里。不问是孤儿不是孤儿，他一个个亲手剁做三段。我将的这小舍人送到那厢去好？有了，我想太平庄上公孙杵臼，他与赵盾是一殿之臣，最相交厚。他如今罢职归农。那老宰辅是个忠直的人，那里堪可掩藏。我如今来到庄上，就在这芭棚下放下这药箱。小舍人，你且权时歇息咱，我见了公孙杵臼便来看你。家童报复去，道有程婴求见。

（家童报科，云）有程婴在于门首。

（正末云）道有请。

（家童云）请进。

（正末见科，云）程婴，

你来有何事？

（程婴云）在下见老宰辅在这太平庄上，特来相访。

（正末云）自从我罢官之后，众宰辅每好么？

（程婴云）嗨，这不比老宰辅为官时节。如今屠岸贾专权，较往常都不同了也！

（正末云）也该着众宰辅每劝谏、劝谏。

（程婴云）老宰辅，这等贼臣自古有之。便是那唐虞之世，也还有四凶哩。

（正末唱）【隔尾】你道是古来多被奸臣弄，便是圣世何尝没四凶，谁似这万人恨千人嫌一人重？他不廉不公，不孝不忠，单只会把赵盾全家杀的个绝了种！

（程婴云）老宰辅，幸得皇天有眼，赵氏还未绝种哩。

（正末云）他家满门良贱三百余口，诛尽杀绝，便是驸马也被三般朝典短刀自刎了，公主也将裙带缢死了，还有什么种在那里？

（程婴云）那前项的事，老宰辅都已知道，不必说了。近日公主囚禁府中，生下一子，唤做孤儿，这不是赵家

是那家的种？但恐屠岸贾得知，又要杀坏。若杀了这一个小的，可不将赵家真绝了种也！

（正末云）如今这孤儿却在那里，不知可有人救的出来么？

（程婴云）老宰辅既有这点见怜之意，在下敢不实说。公主临亡时，将这孤儿交付与了程婴，着好生照觑他，待到成人长大，与父母报仇雪恨。我程婴抱的这孤儿出门，被韩厥将军要拿的去报与屠岸贾，是程婴数说了一场，那韩厥将军放我出了府门，自刎而亡。如今将的这孤儿无处掩藏，我特来投奔老宰辅。我想宰辅与赵盾原是一殿之臣，必然交厚，怎生可怜见救这个孤儿咱！

（正末云）那孤儿今在何处？

（程婴云）现在芭棚下哩。

（正末云）休惊唬着孤儿！你快抱的来！

（程婴做取箱开看科，云）谢天地，小舍人还睡着哩。

（正末接科）（唱）【牧羊关】这孩儿未生时绝了亲戚，怀着时灭了祖宗，

便长成人也则是少吉多凶。他父亲斩首在云阳，他娘呵死在冷宫，那里是有血腥的白衣相？则是个无恩念的黑头虫。

（程婴云）赵氏一家全靠着这小舍人，要他报仇哩。

（正末唱）你道他是个报父母的真男子；我道来则是个妨爷娘的小野种！

（程婴云）老宰辅不知，那屠岸贾为走了赵氏孤儿，晋国内小的都拘刷将来，要伤害性命。老宰辅，我如今将赵氏孤儿偷藏在老宰辅跟前，一者报赵驸马平日优待之恩，二者要救晋国小儿之命。念程婴年已四旬有五，所生一子，未经满月。待假装做赵氏孤儿，等老宰辅告首与屠岸贾去，只说程婴藏着孤儿。把俺父子二人，一处身死，老宰辅慢慢的抬举的孤儿成人长大，与他父母报仇，可不好也。

（正末云）程婴，你如今多大年纪了？

（程婴云）在下四十五岁了。

（正末云）这小的算着二十年呵，方报的父母仇恨。你再着二十年，也只是

六十五岁。我再着二十年呵，可不九十岁了，其时存亡未知，怎么还与赵家报的仇？程婴，你肯舍的你孩儿，倒将来交付与我，你自首告屠岸贾处，说道太平庄上公孙杵臼藏着赵氏孤儿。那屠岸贾领兵校来拿住，我和你亲儿一处而死。你将的赵氏孤儿抬举成人，与他父母报仇，方才是个长策。

（程婴云）老宰辅，是则是，怎么难为的你老宰辅？你则将我的孩儿假装做赵氏孤儿，报与屠岸贾去，等俺父子二人一处而死罢。

（正末云）程婴，我一言已定，再不必多疑了。

（唱）【红芍药】须二十年酬报的主人公，恁时节才称心胸，只怕我迟疾死后一场空。（程婴云）老宰辅，你精神还强健哩！

（正末唱）我精神比往日难同，闪下这小孩童怎见功？你急切里老不的形容，正好替赵家出力做先锋。（带云）程婴，你只依着我便了。

（唱）我委实的挨不彻暮鼓晨钟！

（程婴云）老宰辅，你好好的在家，我程婴不识进

退，平白地将着这愁布袋连累你老宰辅，以此放心不下。

（正末云）程婴，你说那里话？我是七十岁的人，死是常事，也不争这早晚。

（唱）【菩萨梁州】向这傀儡棚中，鼓笛搬弄，只当做场短梦。猛回头早老尽英雄。有恩不报怎相逢，见义不为非为勇。

（程婴云）老宰辅既应承了，休要失信。

（正末唱）言而无信言何用！

（程婴云）老宰辅，你若存的赵氏孤儿，当名标青史，万古留芳。

（正末唱）也不索把咱来厮陪奉，大丈夫何愁一命终，况兼我白发鬓松。

（程婴云）老宰辅，还有一件：若是屠岸贾拿住老宰辅，你怎熬的这三推六问，少不得指攀我程婴下来。俺父子两个死是分内，只可惜赵氏孤儿，终归一死，可不把你老宰辅干累了也？

（正末云）程婴，你也说的是。我想那屠岸贾与赵驸马呵，（唱）

【三煞】这两家做下敌头重，但要访的孤儿有影踪，

必然把太平庄上兵围拥，铁桶般密不通风。

（云）那屠岸贾拿住了我，高声喝道：老匹夫，岂不见三日前出下榜文，偏是你藏下赵氏孤儿，与俺作对！请波，请波！（唱）则说老匹夫请先入瓮，也须知榜揭处天都动；偏你这罢职归田一老农，公然敢剔蝎撩蜂。

【二煞】他把绷扒吊拷般般用，情节根由细细穷；那其间枯皮朽骨难禁痛，少不得从实攀供，可知道你个程婴怕恐。

（带云）程婴，你放心者。

（唱）我从来一诺似千金重，便将我送上刀山与剑锋，断不做有始无终！

（云）程婴，你则放心前去，抬举的这孤儿成人长大，与他父母报仇雪恨。老夫一死，何足道哉！

（唱）【煞尾】凭着赵家枝叶千年永，晋国山河百二雄。显耀英材统军众，威压诸邦尽伏拱；遍拜公卿诉苦衷。祸难当初起下宫，可怜三百口亲丁饮剑锋；刚留得孤苦伶仃一小童。巴到

今朝袭父封，提起冤仇泪如涌，要请甚旗牌下九重，早拿出奸臣帅府中，断首分骸祭祖宗，九族全诛不宽纵。恁时节才不负你冒死存孤报主公，便是我也甘心儿葬近要离路傍冢！（下）

（程婴云）事势急了，我依旧将这孤儿抱的我家去，将我的孩儿送到太平庄上来。

（诗云）甘将自己亲生子，偷换他家赵氏孤。这本程婴义分应该得，只可惜遗累公孙老大夫。（下）

# 第十五课
# 元曲四大爱情剧选讲

## 论语

子曰："质胜文则野，文胜质则史。文质彬彬，然后君子。"

【译文】

孔子说："一个人内在的质朴胜过外在的文采就会显得粗野，外在的文采胜过内在的质朴就未免浮夸虚伪。只有文采和质朴配合恰当，然后才能成为君子。"

【九州释义】

要求人们在低俗与浮夸之间取得平衡，做一个文质彬彬的人。低俗是不及，浮夸是过。只有不庸俗不浮夸的人才是自尊自爱的标准人——君子。所以要"文质彬彬"，既要有文化修养，又不要失去了天真淳朴的本性。

▼ **本课要点**

1. 熟知元曲的爱情剧篇目。
2. 复述《西厢记》。

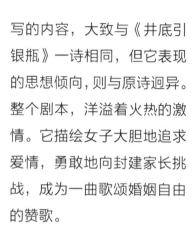

# 元曲爱情剧目

元曲（元杂剧）四大爱情剧分别是关汉卿的《拜月亭》、白朴的《墙头马上》、郑光祖的《倩女离魂》和王实甫的《西厢记》。

郑光祖（？—1324之前），字德辉，元代著名的杂剧家和散曲家，平阳襄陵（今山西临汾市襄汾县）人。郑光祖所作杂剧在当时"名闻天下，声振闺阁"。

《倩女离魂》写的是秀才王文举与倩女指腹为婚，但王文举父母不幸早亡，倩女之母遂有悔约的打算，借口只有王文举得了进士之后才能成婚，想赖掉这门婚事。不料倩女却十分忠实于爱情，就在王文举赴京应试，与倩女柳亭相别之后，由于思念王文举，倩女的魂魄便离了原身，追随王文举一起奔赴京城。而王文举却不知是倩女的魂魄与他在一起，还以为倩女本人同他一起赴京。因此，当他状元及第三年后，准备从京城启程赴官，顺便打道去探望岳母，便先修书一封告知倩女的父母，王文举偕同倩女魂魄来到了倩女身边，魂魄与身体又合二为一，一对恩爱夫妻得到团圆。

《拜月亭》是关汉卿的代表作，主要讲述在蒙古军进攻金国都城中都时，战乱逃亡之中，一段可歌可泣的爱情故事。作品歌颂了青年人忠贞的爱情，对封建礼教和封建势力进行了批判。

白朴的《墙头马上》源于白居易的《井底引银瓶》一诗。白诗记述了一个婚姻悲剧故事：一个女子爱上了一位男子，同居了五六年，但被家长认为"聘则为妻奔则妾"，逐出家门。在"始乱终弃"的社会风气中，白居易对这不幸的女子给予同情，并对世人提出"寄言痴小人家女，慎勿将身轻许人"的告诫。白朴在戏中所写的内容，大致与《井底引银瓶》一诗相同，但它表现的思想倾向，则与原诗迥异。整个剧本，洋溢着火热的激情。它描绘女子大胆地追求爱情，勇敢地向封建家长挑战，成为一曲歌颂婚姻自由的赞歌。

# 《墙头马上》节选

第二折

（夫人同老旦嬷嬷上，云）老身是李相公夫人。相公左司家唤的去了，不见回来。今日老身东阁下探矜子回来，身子有些不快。天色晚也，梅香，绣房中道与小姐，休教他出来。嬷嬷收拾前后，我歇息去也（下）（裴舍上，云）我回到这馆驿安下，心中闷倦，那里有心去买花栽子。巴不得天晚了也，我如今与小姐赴期去来。（下）（正旦同梅香上，云）今日因去后园中看花，墙头见了那生，四目相视，各有此心，将一个简帖儿约今夜来赴期。我回到绣房中，梅香，不知夫人睡去也不曾？（梅香云）我去看看来。（下）（正旦做睡，梅香推科，云）小姐，小姐！（正旦醒科，云）我正好做梦哩。（梅香云）你梦见甚么来？（正旦唱）

【南吕】【一枝花】睡魔缠缴得慌，别恨禁持得煞。离魂随梦去，几时得好事奔人来，一见了多才，口儿里念，心儿里爱，合是姻缘簿上该。则为画眉的张敞风流，掷果

的潘郎稔色。

（梅香云）今夜好歹来也，则管里作念的眼前活现。（正旦唱）

【梁州第七】早是抱闲怨，时乖运蹇，又添这害相思，月值年灾。（带云）休道是我，（唱）天若知道和天也害。（云）梅香，这早晚多早晚也？（梅香云）是申牌时候了。（正旦唱）几时得月离海峤，才则是日转申牌。（梅香云）小姐，日头下去了，一天星月出来了。（正旦唱）怕露惊宿鸟，风弄庭槐。看银河斜映瑶阶，都不动纤细尘埃。月也，你本细如弓，一半儿蟾蜍，却休明如镜照三千世界，冷如冰浸十二瑶台。禁垆瑞霭，把剔团䜣明月深深拜，你方便，我无碍。深拜你个嫦娥不妒色，你敢且半霎儿雾锁云埋。

（梅香云）这场事也非容易哩！（正旦唱）

【牧羊关】待月帘微簌，迎风户半开；你看这场风月规划。（梅香云）怎生规划？（正旦云）你与我接去。（梅香云）怕他不来！倒教我去

接他。（正旦唱）就着这风送花香，云笼月色。（梅香云）小姐，为甚么着我接他去？（正旦唱）你道为甚着你个丫鬟迎少俊，我则怕似赵呆送曾哀。（梅香云）这里线也似一条直路，怕他迷了道儿？（正旦唱）你道方径直如线，我道侯门深似海。

（梅香云）你两个头目，自说话来。（正旦唱）

【骂玉郎】相逢正是花溪侧，也须穿短巷过长街。（梅香云）到那里便唤你来。（正旦唱）又不比秦楼夜宴金钗客，这的担着利害，把你那小性格且宁奈。

【感皇恩】咱这大院深宅，幽砌闲阶，不比操琴堂，沽酒舍，看书斋。（梅香云）迟又不是，疾又不是，怎生可是？（正旦唱）教你轻分翠竹，款步苍苔，休惊起庭鸦喧，邻犬吠，怕院公来。

（梅香云）小姐，这来时可着多早晚也？（正旦唱）

【采茶歌】把粉墙儿挨，角门儿开，等夫人烧罢夜香来。月色朦胧天色晚，鼓声才动角声哀。（梅香云）我

说与你，夫人已睡了也，一准不来了。今夜嬷嬷又在前面守着库房门哩。天色晚了，我点上灯，就接姐夫去。（裴舍引张千上，云）张千，休大惊小怪的，你只在墙外等着。（做跳墙见科，云）梅香，我来了也。（梅香云）我说去。小姐，姐夫来了也。你两个说话，我门首看着。（裴舍云）小生是个寒儒，小姐不弃，小生杀身难报。（正旦云）舍人则休负心！（唱）

【隔尾】我推粘翠靥遮宫额，怕绰起罗裙露绣鞋。我忙忙扯的鸳鸯被儿盖，翠冠儿懒摘，画屏儿紧挨。是他撒滞殢，把香罗带儿解。

（嬷嬷上，云）这早晚小姐房里有人说话，在窗下听咱。呀，果然有人，我去觑破他。（梅香云）小姐，吹灭了灯，嬷嬷来也！（嬷嬷云）吹灭了灯？我听的多时了也？你待走那里去？（裴舍同旦做跪科，正旦云）是做下来也，怎见父母！奶奶可怜见，你放我两个私走了罢，至死也不敢忘你。（嬷嬷云）兀的是不出嫁的闺女，教人营勾了身躯，可又随着他去。这汉子是谁家的？（裴

舍云）小生是客寄书生，乞容宽恕。（嬷嬷云）俺这里不是赢奸买俏去处。（正旦唱）

【红芍药】他承宣驰驿奉官差，来这里和买花栽。又不是瀛州方丈接蓬莱，远上天台。比画眉郎多气概，骤青骢踏断章台。（嬷嬷云）都是这梅香小奴才勾引来的！（正旦唱）枉骂他偷寒送暖小奴才，要这般当面抢白。

（嬷嬷云）不是这奴胎是谁？（正旦唱）

【菩萨梁州】是这墙头掷果裙钗，马上摇鞭狂客。说与你个聪明的奶奶，送春情是这眼去眉来。（嬷嬷云）好！可羞也不羞？眼去眉来，倒与真奸真盗一般，教官司问去。（正旦唱）则这女娘家直恁性儿乖，我待舍残生还却鸳鸯债，也谋成不谋败！是今日且嗔过后改，怎做的奸盗拿获？

（嬷嬷云）你看上这穷酸饿醋甚么好？（正旦唱）

【牧羊关】龙虎也招了儒士，神仙也聘与秀才，何况咱是浊骨凡胎。一个刘向题倒西岳灵祠，一个张生煮滚东洋大海。却待要宴瑶池

七夕会，便银汉水两分开！委实这乌鹊桥边女，舍不的斗牛星畔客。（嬷嬷云）家丑事不可外扬。兀那汉子，我将你拖到宫中，不道的饶了你哩。（裴舍云）嬷嬷，你要了我买花栽子的银子，教梅香唤将我来，咱就和你见官去来。（正旦唱）

【三煞】不肯教一床锦被权遮盖，可不道九里山前大会垓，绣房里血泊浸尸骸。解下这搂带裙刀，为你逼的我紧也便自伤残害，颠倒把你娘来赖。（梅香云）你要他这秀才的银子，教我去唤将他来。便见夫人，也则实说。（嬷嬷云）夫人也不信。（正旦唱）你则是拾的孩儿落的摔，你待致命图财。

【二煞】我怎肯掩残粉泪横眉黛，倚定门儿手托腮，山长水远几时来。且休说度岁经年，只一夜冰夜消瓦，恁时节知他是和尚在钵盂在。他凭着满腹文章七步才，管情取日转千阶。

（嬷嬷云）亲的则是亲，若夫人变了心，可不枉送我这老性命。我如今和你商量，随你拣一件做：第一件，且教这秀才求官去，再来取你；

# 王实甫和《西厢记》

不着，嫁了别人。第二件，就今夜放你两个走了，等这秀才得了官，那时依旧来认亲。（正旦云）嬷嬷，只是走的好。（唱）

【黄钟尾】他折一枝丹桂群儒骇，怎肯十谒朱门九不开！（嬷嬷云）若以后泄漏出些风声，枉坏了一世前程，拆散了一双佳配。常言道一岁使长百岁奴。我耽着利害放您，则要一路上小心在意者。（正旦云）母亲年高，怎生割舍！（嬷嬷云）夫人处有我在此，你自放心去罢。（正旦同裴谢科，正旦唱）不是我敢为非敢作歹，他也有风情有手策；你也会圆成会分解，我也肯过从肯耽待。便锁在空房，嫁在乡外。你道父母年高老迈，那里有女孩儿共爷娘相守到头白？女孩儿是你十五岁寄居的堂上客。（同裴舍、梅香下）（嬷嬷云）他每去也。若夫人问时，说个谎道，不知怎生走了；料夫人必然不敢声扬。等待他日后再来认亲，也未迟哩。

王实甫，名德信，大都（今北京）人，有的说是定兴（今河北保定）人。元代杂剧家，著有杂剧14种，现存3种。

《西厢记》全名《崔莺莺待月西厢记》。写的是赴京城赶考的书生张君瑞，与前朝相国女儿崔莺莺在普救寺一见钟情。这时，叛将孙飞虎听说崔莺莺有"倾国倾城之容，西子太真之颜"，便率领五千人马住寺院，要抢崔莺莺为妻，崔夫人说谁有退兵之计，就把崔莺莺嫁给谁。张生挺身而出，写信给白马将军求救，孙飞虎兵败被擒。可是崔夫人言而无信，让莺莺与张生以兄妹相称。丫鬟红娘出谋献策，安排莺莺与张生月下幽会，两人私定终身。崔夫人察觉后，夜审红娘，红娘巧妙地说服了崔夫人，将莺莺许配给张生。崔夫人无奈，告诉张生如果想娶莺莺小姐，必须进京赶考取得功名方可。张生上京应试中了头名状元。写信向莺莺报喜。这时崔夫人的侄子郑恒又一次来到普救寺，捏造谎言说张生已被卫尚书招为东床佳婿。于是崔夫人再次将小姐许给郑恒，并决定择吉日完婚。恰巧成亲之日，张生以河中府尹的身份归来，征西大元帅杜确也来祝贺。真相大白，郑恒羞愧难言，含恨自尽，张生与莺莺终成眷属。

《西厢记》的曲词华艳优美，富于诗的意境，是我国古典戏剧的现实主义杰作，对后来以爱情为题材的小说、戏剧创作影响很大。

# 《西厢记》节选

（夫人长老上云）今日送张生赴京，十里长亭，安排下筵席。我和长老先行，不见张生小姐来到。（旦、末、红同上）（旦云）今日送张生上朝取应，早是离人伤感，况值那暮秋天气，好烦恼人也呵！悲欢聚散一杯酒，南北东西万里程。

【正宫】【端正好】碧云天，黄花地，西风紧。北雁南飞。晓来谁染霜林醉？总是离人泪。

【滚绣球】恨相见得迟，怨归去得疾。柳丝长玉骢难系，恨不倩疏林挂住斜晖。马儿的行，车儿快快的随，却告了相思回避，破题儿又早别离。听得道一声去也，松了金钏；遥望见十里长亭，减了玉肌：此恨谁知？

（红云）姐姐今日怎么不打扮？（旦云）你那知我的心里呵？

【叨叨令】见安排着车儿、马儿，不由人熬熬煎煎的气；有甚么心情花儿、靥儿，打扮得娇娇滴滴的媚；准备着被儿、枕儿，则索昏昏沉沉的睡；从今后衫儿、袖儿，都揾帮重重叠叠的泪。兀的不闷杀人也么哥！兀的不闷杀人也么哥！久已后书儿、信儿，索与我凄凄惶惶的寄。

（做到）（见夫人科）（夫人云）张生和长老坐，小姐这壁坐，红娘将酒来。张生，你向前来，是自家亲眷，不要回避。俺今日将莺莺与你，到京师休辱没了俺孩儿，挣揣一个状元回来

者。（末云）小生托夫人余荫，凭着胸中之才，视官如拾芥耳。（洁云）夫人主见不差，张生不是落后的人。（把酒了，坐）（旦长吁科）

【脱布衫】下西风黄叶纷飞，染寒烟衰草萋迷。酒席上斜签着坐的，蹙愁眉死临侵地。

【小梁州】我见他阁泪汪汪不敢垂，恐怕人知；猛然见了把头低，长吁气，推

整素罗衣。

【幺篇】虽然久后成佳配，奈时间怎不悲啼。意似痴，心如醉，昨宵今日，清减了小腰围。

（夫人云）小姐把盏者！（红递酒，旦把盏长吁科云）请吃酒！

【上小楼】合欢未已，离愁相继。想着俺前暮私情，昨夜成亲，今日别离。我谂知这几日相思滋味，却原来此别离情更增十倍。

【幺篇】年少呵轻远别，情薄呵易弃掷。全不想腿儿相挨，脸儿相偎，手儿相携。你与俺崔相国做女婿，妻荣夫贵，但得一个并头莲，煞强如状元及第。

（夫人云）红娘把盏者！（红把酒科）（旦唱）

【满庭芳】供食太急，须臾对面，顷刻别离。若不是酒席间子母每当回避，有心待与他举案齐眉。虽然是厮守得一时半刻，也合着俺夫妻们共桌而食。眼底空留意，寻思起就里，险化做望夫石。

（红云）姐姐不曾吃早饭，饮一口儿汤水。（旦云）红娘，甚么汤水咽得下！

【快活三】将来的酒共食，尝着似土和泥。假若便是土和泥，也有些土气息，泥滋味。

【朝天子】暖溶溶的玉醅白泠泠似水，多半是相思泪。眼面前茶饭怕不待要吃，恨塞满愁肠胃。"蜗角虚名，蝇头微利"，拆鸳鸯在两下里。一个这壁，一个那壁，一递一声长吁气。

（夫人云）辆起车儿，俺先回去，小姐随后和红娘来。（下）（末辞洁科）（洁云）此一行别无话儿，贫僧准备买登科录看，做亲的茶饭少不得贫僧的。先生在意，鞍马上保重者！从今经忏无心礼，专听春雷第一声。（下）（旦唱）

【四边静】霎时间杯盘狼籍，车儿投东，马儿向西，两意徘徊，落日山横翠。知他今宵宿在那里？在梦也难寻觅。

张生，此一行得官不得官，疾便回来。（末云）小生这一去白夺一个状元，正是"青霄有路终须到，金榜无名誓不归"。（旦云）君行别无所谓，口占一绝，为君送行："弃掷今何在，当时且自亲。还将旧来意，怜取眼前人。"（末云）小姐之意差矣，张珙更敢怜谁？谨赓一绝，以剖寸心："人生长远别，孰与最关亲？不遇知音者，谁怜长叹人？"（旦唱）

【耍孩儿】淋漓襟袖啼红泪，比司马青衫更湿。伯劳东去燕西飞，未登程先问归期。虽然眼底人千里，且尽生前酒一杯。未饮心先醉，

123

眼中流血，心内成灰。

【五煞】到京师服水土，趁程途节饮食，顺时自保揣身体。荒村雨露宜眠早，野店风霜要起迟！鞍马秋风里，最难调护，最要扶持。

【四煞】这忧愁诉与谁？相思只自知，老天不管人憔悴。泪添九曲黄河溢，恨压三峰华岳低。到晚来闷把西楼倚，见了些夕阳古道，衰柳长堤。

【三煞】笑吟吟一处来，哭啼啼独自归。归家若到罗帏里，昨宵个绣衾香暖留春住，今夜个翠被生寒有梦知。留恋你别无意，见据鞍上马，阁不住泪眼愁眉。

（末云）有甚言语嘱咐小生咱？（旦唱）

【二煞】你休忧"文齐福不齐"，我则怕你"停妻再娶妻"。休要"一春鱼雁无消息"！我这里青鸾有信频须寄，你却休"金榜无名誓不归"。此一节君须记，若见了那异乡花草，再休似此处栖迟。

（末云）再谁似小姐？小生又生此念？（旦唱）

【一煞】青山隔送行，疏林不做美，淡烟暮霭相遮蔽。夕阳古道无人语，禾黍秋风听马嘶。我为甚么懒上车儿内，来时甚急，去后何迟？

（红云）夫人去好一会，姐姐，咱家去！（旦唱）

【收尾】四围山色中，一鞭残照里。遍人间烦恼填胸臆，量这些大小车儿如何载得起？

（旦、红下）（末云）仆童赶早行一程儿，早寻个宿处。泪随流水急，愁逐野云飞。（下）

# 明清文学

MINGQING WENXUE

**CLASSICAL
LITERATURE**

九州文学系列教程 2

九州少年文学常识

# 第一课
# 明清历史那些事儿一

## 论语

子曰："君子坦荡荡，小人长戚戚。"

【译文】

孔子说："君子总是心胸平坦宽广，小人经常忧愁悲伤。"

【九州释义】

君子心胸开朗，思想上坦率洁净，外貌动作也显得十分舒畅安定；小人心里欲念太多，心理负担很重，就常忧虑、担心，外貌、动作也显得忐忑不安，常是坐不定、站不稳的样子。

"君子坦荡荡，小人长戚戚"是自古以来人们所熟知的一句名言。许多人常常将此写成条幅，悬于室中，以激励自己。

## ▼ 本课要点

1. 了解明清时代著名帝王。
2. 识记明朝历史大事件。
3. 探讨明朝灭亡的原因。

# 朱元璋的大明王朝

1368 年，明太祖朱元璋在南京称帝，国号大明。明太祖为了尽快恢复社会生产，轻徭薄赋，整顿吏治，严惩贪官污吏，促使社会经济得到改善和发展。

为了加强统治，明太祖对元朝的行政机构进行了继承和改革，设"六部"和"三司"。在中央，不再设立丞相，由吏、户、礼、兵、刑、工六部分理朝政，各部尚书直接对皇帝负责。"三司"分管民政、刑狱和军政。

明太祖还授权侍卫亲军"锦衣卫"，对臣民进行监视、侦查。锦衣卫由皇帝直接指挥，不受法律约束，成为特务机构。

为了选拔能听命于皇帝的官吏，明政府规定科举考试只许在四书五经范围内命题，不准发挥自己的见解。答卷的文体，必须分成八个部分，称为"八股文"。

## "虎父无犬子"

为进一步加强军权，明太祖先后把众多子孙封到各地做藩王，授予军事大权。1398年明太祖驾崩，皇太孙朱允炆即位，年号建文。建文帝为巩固皇权实行"削藩"，结果导致驻守北京的明太祖第四子燕王朱棣起兵攻入南京，建文帝朱允炆在宫城大火中下落不明，史称"靖难之役"。

朱棣即位后，改年号为永乐，他就是明成祖。1403年朱棣改北平为北京，并于1421年迁都北京。

## 明朝的对外关系

明朝在民族关系和对外关系方面，采取通好和积极防御的政策，增进了中原和周边各少数民族间的经济文化交流，实现了政治局面的安稳。

为宣扬国威和加强与海外诸国的联系，明成祖派郑和出使西洋。从1405年到1433年，郑和七次航海，访问过亚非30多个国家和地区，最远到达红海沿岸和非洲东海岸地区。郑和下西洋是中国历史上空前的主动外交，其规模

之大、历时之久、航程之远，在世界航海史上也是空前的。他比欧洲航海家的远航早半个多世纪。

明朝中后期，政治腐败，边防松懈，经常有日本商人、武士、海盗骚扰我国东南沿海一带，这些人被称为倭寇。抗倭名将戚继光带领戚家军肃清了东南沿海的倭寇。1553年，葡萄牙殖民者占领澳门；1624年，荷兰殖民者入侵台湾。明朝逐渐采取闭关锁国的政策。

# 大明的落幕

由于大权掌握在皇帝一人手中，而皇帝又多昏庸无能，奢侈淫乐，甚至多年不上朝，造成宦官专政，政治腐败，边防松懈。此时蒙古瓦剌部强大起来，1449年发生"土木堡之变"，明英宗被俘，北京告急。兵部尚书于谦率领都城军民坚决抵抗，取得胜利。英宗被放回，被尊为太上皇。1457年，英宗与宦官及其党羽趁机复辟，史称"夺门之变"，明政府又被宦官把持，政治危机逐步加重。明朝中期，经济上土地兼并加剧，王公地主巧取豪夺，搜刮民财，大量侵占农民的土地。阶级矛盾激化，社会日趋黑暗，爆发了多次农民起义。

在社会矛盾日益尖锐的时候，地主阶级中的有识之士意识到应该进行改革。张居正担任内阁首辅，主持朝政后，进行了一系列改革。他的主要措施是：政治上加强行政效率，裁减不必要的官员；经济上兴修水利，整理赋税，减轻百姓的负担；军事上加强边防，与蒙古加强经济文化交流等。张居正的改革暂时缓和了尖锐的社会矛盾，政治局面相对安定。但是改革触动了官僚地主的利益，遭到了保守派的强烈反对。张居正病死后，家产被抄没，改革成果逐渐化为乌有。

明朝后期政治更加腐败，皇帝昏庸，宦官专权，党争激烈，社会危机日趋严重。

明政府统治者饮鸩止渴，除正常赋税外，为了与辽东女真对抗，加派"三饷"，结果导致农民赋税过重，加上土地兼并和连年灾荒，农民终于无法忍受，揭竿而起。

1641年，陕西澄城揭开了农民大起义的序幕。李自成被推举为"闯王"，提出"均田免粮、割富济贫"口号，符合广大人民的愿望，受到拥戴。1644年，李自成在西安正式建国，国号"大顺"。同年三月，李自成带领起义军一路杀到北京。明崇祯皇帝自缢于煤山（今景山公园），明朝灭亡。

# 第二课
# 明清历史那些事儿二

## 论语

子曰："君子耻其言而过其行。"

【译文】

孔子说："君子认为说得多而做得少是可耻的。"

【九州释义】

一个人能够取得多大的成就，不是用嘴说出来的，一定要靠行动去证明，去努力。

## ▼ 本课要点

1. 了解清朝历史。
2. 熟悉"康乾盛世"。
3. 分析清朝灭亡的原因。

## 满洲的兴起和清朝的建立

明初，女真分为建州女真、海西女真、东海女真三大部落。明朝后期，建州女真的首领努尔哈赤统一了女真各部。1616 年，努尔哈赤建国称汗，国号金，史称后金，起兵抗击明朝。1636 年，皇太极自称皇帝，且改国号"金"为"大清"，改族名"女真"为"满洲"，正式建立清朝。

## 统一多民族国家的巩固发展

清朝迅速统治全国，为了巩固政权，清朝继承了明朝的规章制度，制定了《大清律》，但仍然采用着民族歧视和民族压迫的政策。

1662 年，郑成功收复台湾，结束了荷兰殖民者对台湾的殖民统治。1683 年，郑成功的后代归顺清朝，清朝设立台湾府。清政府击败

沙皇俄国对中国黑龙江流域的侵略，还粉碎了蒙古噶尔丹部落的分裂活动，平定回部大小和卓的叛乱，加强了对西藏的管辖。这些都维护了国家主权和领土完整，统一的多民族国家得到巩固。

各民族的广泛融合也促进了清朝经济的繁荣。政府通过奖励垦荒、整顿赋税等手段，使社会经济迅速发展，资本主义萌芽继续缓慢发展。

# 康乾盛世

康乾盛世，又称康雍乾盛世，是清朝的鼎盛时期，经历了康熙、雍正、乾隆三代皇帝，持续时间长达 134 年。在此期间，中国国力强盛，社会稳定，经济快速发展，人口增长迅速，疆域辽阔。康乾盛世是中国古代封建王朝的最后一个盛世。

康乾盛世国土辽阔，人口众多。清朝政府统一了蒙古、东北、新疆、西藏、台湾，奠定了如今中国的版图，实现了中华民族的大一统。通过摊丁入亩、官绅一体当差纳粮、火耗归公等一系列改革和发明推广御稻、双季稻等高产作物，增加了国家的收入，减轻了人民的负担。

中国人口历史上首次破亿，并连破 3 亿，为中国人口大国打下基础。废除贱籍制度，解放了社会最底层阶级的百姓，改变了子孙代代不得翻身的命运。

盛世局面下隐藏着巨大危机，政治的腐败与社会矛盾愈演愈烈，各种衰败之象逐步显露出来，而清廷社会统治和管理能力日渐衰微。

# 近代史开始

在清朝不断加强封建统治时，欧美等国已经开始了资产阶级革命并确立了资本主义的社会制度。1840 年，英国发动鸦片战争，使中国开始沦为半殖民地半封建社会。之后西方资本主义列强陆续发动战争，清政府被迫签订了一系列不平等条约。农民不堪压迫，爆发了多次起义，其中规模最大的是洪秀全领导的太平天国运动。太平天国运动虽然失败了，但它沉重地打击了清政府和外国侵略者。之后，清政府进行了 30 多年的洋务运动。中法战争和中日甲午战争中国的惨败宣告了洋务运动的彻底失败。1898 年的戊戌变法也以失败告终。民间兴起的义和团运动被清政府利用，对抗八国联军的入侵，最终被镇压。

1911 年，孙中山领导的辛亥革命是中国历史上第一次反帝反封建的资产阶级民主革命。

1912 年 1 月 1 日，中华民国成立，2 月 12 日，清朝皇帝溥仪退位，清朝灭亡，也宣告了中国两千多年君主专制制度的终结。

# 第三课
# 明清小说之"三言二拍"

## 论语

子曰:"见义不为,无勇也。"

【译文】

孔子说:"见到了应该挺身而出的事情,却不肯去做,这是没有勇气的表现。"

【九州释义】

孔子不仅把仁、义看作是道德的体现,也把敢不敢行仁仗义看成是一个人的道德体现,这就是道德的勇气。作为青少年,既要保护好自己,也必须拥有正义感,见到坏人坏事,要及时联系师长或报告警察,见到不文明现象要敢于指出或制止。

一个能够见义勇为的民族,才是一个伟大的民族。

## ▼ 本课要点

1. 了解小说的基本概念及三要素。
2. 熟知"三言二拍"所指的小说名称及作者。
3. 简述《转运汉巧遇洞庭红》的故事。

# 中国古典小说

小说是以刻画人物形象为中心，通过完整的故事情节和环境描写来反映社会生活的文学体裁。人物、情节、环境是小说的三要素。情节一般包括开端、发展、高潮、结局四部分，有的包括序幕、尾声。环境包括自然环境和社会环境。小说按照篇幅及容量可分为长篇、中篇、短篇和微型小说。小说与诗歌、散文、戏剧，并称"四大文学体裁"。

中国小说形成的历史脉络清晰。

上古神话到先秦两汉的古代神话传说、寓言故事促成了小说的孕育和形成。如《女娲补天》《夸父逐日》。

魏晋南北朝时期，出现了志人、志怪小说，其情节结构比较简单、粗略。如干宝的《搜神记》和刘义庆的《世说新语》。

唐传奇的出现，标志着中国古代小说的成熟。如《柳毅传书》和《莺莺传》。

宋代的话本、明代的拟话本的出现，推动了古代小说的发展，拟话本的题材更加广泛，情节更加曲折，描写更加细腻。

明清章回体小说将古代小说逐渐推向了顶峰。如《三国演义》《水浒传》《西游记》《聊斋志异》《儒林外史》《红楼梦》等。

《红楼梦》是中国古典小说的顶峰。

# 短篇小说集"三言两拍"

"三言二拍"是指明代五本著名传奇小说的合称，作者是明代冯梦龙和凌濛初。

冯梦龙编写的《喻世明言》《警世通言》《醒世恒言》三部小说集，被称为"三言"。

冯梦龙（1574—1646），字犹龙，明代长洲（今江苏苏州）人，出身书香门第，非常有才华，但在科举方面不顺利，一生主要从事通俗文学的研究、整理和创作。"三言"每集40篇，共120篇。这些作品有的是收录的宋元明以来的话本，但一般都做了不同程度的修改；也有的是据前代的笔记小说、传奇历史故事及社会传闻创作而成。

"三言"中的作品题材广泛，内容丰富，涉及社会生活的各个方面。有描写爱情故事的，如《杜十娘怒沉百宝箱》描写杜十娘被官僚子弟李甲抛弃、转卖，她愤而自杀的故事。李甲在金钱的诱惑下背叛爱情，而杜十娘用生命抗争黑暗不合理的社会。《蒋兴哥重会珍珠衫》则反映新兴市民阶层的爱情观和道德观。这类作品强调人的感情和人的价值应该得到尊重，宣扬与封建礼教相悖的道德标准、婚姻原则。还有的作品描写商人和手工业者的故事，赞扬他们发家致富的行为活动，如《施润泽滩阙遇友》描写施复十年间由一张纺织机扩展到30多张，还雇用了许多工匠，成为富有工场主的经历。这类作品反映了资本主义萌芽时期人们的经济生活，反映出人们对金钱的观念以及金钱在社会中的作用。此外，有的作品揭露了社会的黑暗，如《范晓霞相会出师表》描写了明代的政治斗争，批评严嵩父子结党营私陷害他人的罪行。这类作品批判了统治阶级的丑恶凶残，歌颂了劳动人民的勤劳善良和坚强意志。

凌濛初编著的短篇小说集《初刻拍案惊奇》和《二刻拍案惊奇》各40卷，人称"二拍"。

凌濛初（1580—1644），字玄房，号初成，明代乌程（今浙江湖州）人，出身于封建官僚家庭，曾在上海、徐州等地做过官。"二拍"是应当时书商的要求而写的，基本上都是个人创作，多数篇章充斥着封建道德说教、宿命论、因果报应等思想。部分作品具有进步意义，有的反映了当时社会的腐败以及市民生活。

# 《转运汉巧遇洞庭红》节选

话说国朝成化年间，苏州府长州县阊门外有一人，姓文名实，字若虚。生来心思慧巧，做着便能，学着便会。琴棋书画，吹弹歌舞，件件粗通。幼年间，曾有人相他有巨万之富。他亦自恃才能，不十分去营求生产，坐吃山空，将祖上遗下千金家事，看看消下来。以后晓得家业有限，看见别人经商图利的，时常获利几倍，便也思量做些生意，却又百做百不着。

一日，见人说北京扇子好卖，他便合了一个伙计，置办扇子起来。上等金面精巧的，先将礼物求了名人诗画，免不得是沈石出、文衡山、祝枝山拓了几笔，便值上两数银子。中等的，自有一样乔人，一只手学写了这几家字画，也就哄得人过，将假当真的买了，他自家也兀自做得来的。下等的无金无字画，将就卖几十钱，也有对合利钱，是看得见的。拣个日子装了箱儿，到了北京，岂知北京那年，自交夏来，日日淋雨不晴，并无一

毫暑气，发市甚迟。交秋早凉，虽不见及时，幸喜天色却晴，有妆晃子弟要买把苏做的扇子，袖中笼着摇摆。来买时，开箱一看，只叫得苦。元来北京历却在七八月，更加日前雨湿之气，斗着扇上胶墨之性，弄做了个"合而言之"，揭不开了。用力揭开，东粘一层，西缺一片，但是有字有画值价钱者，一毫无用。剩下等没字白扇，是不坏的，能值几何？将就卖了做盘费回家，本钱一空，频年做事，大概如此。不但自己折本，但是搭他非伴，连伙计也弄坏了。故此人起他一个混名，叫做"倒运汉"。不数年，把个家事干圆洁净了，连妻子也不曾娶得。终日间靠着些东涂西抹，东挨西撞，也济不得甚事。但只是嘴头子诌得来，会说会笑，朋友家喜欢他有趣，游耍去处少他不得；也只好趁日，不是做家的。况且他是大模大样过来的，帮闲行里，又不十分入得队。有怜他的，要荐他坐馆教学，又有诚实人家嫌他是个杂板令，高不

凑，低不就。打从帮闲的、处馆的两项人见了他，也就做鬼脸，把"倒运"两字笑他，不在话下。

一日，有几个走海泛货的邻近，做头的无非是张大、李二、赵甲、钱乙一班人，共四十余人，合了伙将行。他晓得了，自家思忖道："一身落魄，生计皆无。便附了他们航海，看看海外风光，也不枉人生一世。况且他们定是不却我的，省得在家忧柴忧米的，也是快活。"正计较间，恰好张大踱将来。元来这个张大名唤张乘运，专一做海外生意，眼里认得奇珍异宝，又且秉性爽慨，肯扶持好人，所以乡里起他一个混名，叫张识货。文若虚见了，便把此意一一与他说了。张大道："好，好。我们在海船里头不耐烦寂寞，若得兄去，在船中说说笑笑，有甚难过的日子？我们众兄弟料想多是喜欢的。只是一件，我们多有货物将去，兄并无所有，觉得空了一番往返，也可惜了。待我们大家计较，多少凑些出来

助你，将就置些东西去也好。"文若虚便道："谢厚情，只怕没人如兄肯周全小弟。"张大道："且说说看。"一竟自去了。

恰遇一个瞽目先生敲着"报君知"走将来，文若虚伸手顺袋里摸了一个钱，扯他一卦问问财气看。先生道："此卦非凡，有百十分财气，不是小可。"文若虚自想道："我只要搭去海外耍耍，混过日子罢了，那里是我做得着的生意？要甚么贵助？就贵助得来，能有多少？便宜恁地财爻动？这先生也是混帐。"只见张大气忿忿走来，说道："说着钱，便无缘。这些人好笑，说道你去，无不喜欢。说到助银，没一个则声。今我同两个好的弟兄，拼凑得一两银子在此，也办不成甚货，凭你买些果子，船里吃罢。日食之类，是在我们身上。"若虚称谢不尽，接了银子。张大先行，道："快些收拾，就要开船了。"若虚道："我没甚收拾，随后就来。"手中拿了银子，看了又笑，笑了又看，道："置

得甚货么？"信步走去，只见满街上筐篮内盛着卖的：

红如喷火，巨若悬星。皮未皱，尚有余酸；霜未降，不可多得。元殊苏并诸家树，亦非李氏千头奴。较广似曰难况，比福亦云具体。

乃是太湖中有一洞庭山，地暖土肥，与闽广无异，所以广橘福橘，播名天下。洞庭有一样橘树绝与他相似，颜色正同，香气亦同。止是初出时，味略少酸，后来熟了，却也甜美。比福橘之价十分之一，名曰"洞庭红"。若虚看见了，便思想道："我一两银子买得百斤有余，在船可以解渴，又可分送一二，答众人助我之意。"买成，装上竹篓，雇一闲的，并行李桃了下船。众人都拍手笑道："文先生宝货来也！"文若虚羞惭无地，只得吞声上船，再也不敢提起买橘的事。

# 第四课
# 四大名著之《三国演义》

## 论语

子曰："温故而知新，可以为师矣。"

【译文】

孔子说："在温习旧知识时，能有新体会、新发现，就可以当老师了。"

【九州释义】

"温故而知新"是孔子对我国教育学的重大贡献之一，他认为，不断温习所学过的知识，从而可以获得新知识。

## ▼ 本课要点

1. 能够贯通《三国演义》的经典章节。
2. 熟知《三国演义》的著名人物。
3. 识记《三国演义》的文学常识。

# 罗贯中与《三国演义》

罗贯中（约1330— 约1400），名本，字贯中，明朝山西太原人，号湖海散人，元末明初小说家。他创作丰富，除《三国演义》外，有的还说他是《水浒传》的撰写者之一。

元末明初，社会矛盾尖锐，农民起义此起彼伏，群雄割据，多年战乱后朱元璋剿灭群雄，推翻元王朝，建立明王朝。其间人民流离失所，罗贯中作为一名杂剧和话本作者，生活在社会底层，了解和熟悉人民的疾苦，期望社会稳定，百姓安居乐业，由此就东汉末年的历史创作了《三国演义》这部历史小说。

《三国演义》通过集中描绘三国时代各封建统治集团之间的政治、军事、外交斗争，揭示了东汉末年社会的动荡和黑暗，谴责了封建统治者的暴虐，反映了人民的苦难，表达了人民呼唤明君、呼唤安定的强烈愿望。

这部长篇小说对后世文学创作影响深远。《三国演义》是我国第一部长篇章回体历史演义小说，也是中国最优秀的长篇历史小说。三国的故事很早就在民间流传，魏晋南北朝时期一些笔记小说中有所收录，宋、元说书艺人也多以三国故事为内容。罗贯中采用晋代陈寿的《三国志》及南朝刘宋时期裴松之的注解作为正史依据，加上民间传说、话本、戏剧等材料，经过自己的艺术加工创作，完成了这部著作。

# 《三国演义》故事梗概

汉末黄巾起义爆发，刘备、关羽、张飞桃园三结义，因讨伐黄巾军有功，刘备当上了县尉。汉灵帝死后，董卓专权，曹操刺杀董卓失败逃跑，路上因多疑误杀了吕伯奢全家。曹操假借皇帝之命发檄文汇集诸侯讨伐董卓，关羽温酒斩华雄。由于各路诸侯心不齐而失败。王允让貂蝉使连环计，利用吕布杀死董卓。此时黄巾军又起，曹操收降了部分起义军，被封为镇东将军，曹操接父亲来兖州，徐州太守陶谦派人护送，护送的人竟杀了曹家一家老小。曹操发誓找陶谦报仇，兵发徐州，刘备来解徐州之围。陶谦病死，刘备管理徐州，曹操大怒，也只能先回兖州与吕布交战。刘备也为吕布所逼，曹操擒住并处死吕布。曹操应诏到洛阳辅佐皇帝，挟天子以令诸侯。

曹操将刘备带回许都，献帝认刘备为皇叔。刘备为逃出曹操的控制，投奔袁绍。曹操十分敬佩关羽，使关羽不得已投降。后来关羽得到刘备的消息，毅然离开曹操，途中过五关斩六将，找到刘备。袁绍攻打曹操，被曹操袭取粮草囤积地，军力很快瓦解。刘备想乘机攻打曹操，反被曹操打败，只好投奔刘表。徐庶劝刘备到隆中寻找卧龙先生诸葛亮。刘备三顾茅庐，诸葛亮向刘备阐述了"天下三分"的形式。此时，刘表病死。他的儿子投降了曹操。刘备只好逃往江陵，在长坂坡遭到曹操夜袭，赵云救出刘备家眷，张飞在长坂桥前一声大喝，惊退曹操百万大军。后来关羽率兵击退曹军，诸葛亮到东吴联合孙权，舌战群儒，使孙刘联合抗曹。

周瑜派诸葛瑾劝降诸葛亮，无功而返。曹操派蒋干劝降周瑜，周瑜趁机使用反间计，使曹操杀了两员大将。周瑜为难诸葛亮，让他三日内造出十万支箭。诸葛亮趁着大雾，乘草船去曹营水寨，曹操下令放箭，全部射在草船上。周瑜打黄盖，用苦肉计诈降曹操。庞统向曹操献了"连环计"，使得曹操将全部战船连在一起，周瑜趁着东南风火攻曹操，使曹操的八十三万大军损失大半。曹操从赤壁逃脱后，在华容道遭遇关羽的伏兵，关羽念曹操往日的恩情放走曹操。

周瑜想用美人计困住刘备却被弄假成真。周瑜想袭击荆州，计谋被诸葛亮识破。周瑜病逝后，诸葛亮吊丧时劝庞统投降刘备。

刘璋派使节张松结连曹操被拒。刘备礼待张松，张松感激，献出西川地理图本，于是刘备入川。

东吴的鲁肃定计请关羽渡江，关羽单刀赴会，鲁肃没能取得荆州。

刘备进军汉中，曹操损失惨重，撤回许都，刘备自封"汉中王"。关羽在攻打樊城时中了毒箭，神医华佗为他刮骨疗毒。东吴吕蒙用计，使关羽大意失荆州，曹操派徐晃助战，关羽被迫退守麦城。孙权派诸葛瑾劝降关羽不成，就设计擒斩关羽，将首级送给曹操，曹操将关羽以王侯之礼埋葬。曹操命华佗治病，华佗说必须开颅才能去根，曹操很生气，将华佗关押起来，不久华佗死了，曹操也病死了。曹丕继位，废汉献帝，自立为皇帝，国号大魏。

刘备讨伐东吴。孙权向曹丕求援，曹丕封孙权为吴王。孙权设计火烧刘备七百里营寨，刘备败回白帝城。刘备病重托孤，逝世后刘禅为帝。曹丕乘机攻击西蜀。诸葛亮就派邓芝出使东吴，联合抗魏，吴将徐盛大破曹丕。

这时，雍闿和孟获起兵造反，诸葛亮平定叛乱，七擒孟获，终于使孟获心服口服。

诸葛亮上《出师表》，然后率军北伐，六出祁山。最后一次设计将司马懿困在上方谷，放火焚烧，但天降大雨，司马懿得以逃脱。之后，诸葛亮病逝，蜀兵退回。

曹芳在位时，大将曹爽想撤去司马懿的兵权，司马懿诈作重病，用计除掉曹爽。司马懿病死，其子司马师、司马昭独揽朝政。曹髦在位时，曹髦对司马昭由惧到恨，驱车率众臣与司马昭决斗，反被司马昭杀死。

蜀国的姜维继承诸葛亮遗志，出兵伐魏，前后九次，交战双方互有胜败，姜维曾经将司马昭困在铁笼山，因山泉突涌而未能困死。但姜维后来见疑于朝中。刘禅接近宦官，不理朝政。司马昭派兵入蜀，刘禅投降，蜀国灭亡。后来，司马昭病逝，司马炎自立为帝，国号大晋，魏国灭亡。吴国孙权病逝后，内部多次发生政变，逐渐衰败。司马炎伐吴，最终取得胜利。三分天下，合归统一。

# 人物赏析

**曹操:** 字孟德,小名阿瞒,沛国谯县(今安徽亳州)人,三国中曹魏政权的缔造者。黄巾起义爆发时,任骑都尉,参加剿除黄巾军。从建安二年到十六年(197—211年),先后用兵打败吕布、袁术、袁绍等豪强,统一北方。曾在赤壁被周瑜、诸葛亮用火攻战败。建安二十一年,受封为魏王,四年后,病死于洛阳。形象上是一个既凶残奸诈又有雄才大略的政治家和军事家的艺术典型。但小说在揭露和批判他的恶德的同时,又充分表现了他作为一个奸雄的才智与胆略,及其具有的超越于董卓、袁绍等人之上的政治远见和政治气度。他深通兵法,善于用兵,施谋用策,以弱胜强,先后消灭了除刘备、孙权以外的大小军阀,统一了大半个中国。人生信条是:"宁教我负天下人,休教天下人负我。"

**刘备:** 字玄德,东汉末年幽州涿郡涿县(今河北省涿州市)人,西汉中山靖王刘胜的后代。刘备少年时与公孙瓒拜卢植为师,而后参与镇压黄巾起义。与关羽、张飞先后救援过北海孔融、徐州陶谦等。陶谦病亡后将徐州让与刘备。刘备早期颠沛流离,投靠过多个诸侯,后于赤壁之战与孙权联盟击败曹操,趁势夺取荆州,而后进取益州,再夺汉中。221年,刘备在成都称帝,国号汉,年号章武。为替关张二人复仇发兵出击东吴,被陆逊在夷陵火烧连营,因此惨败,使汉国元气大伤。223年,刘备病逝于白帝城,终年63岁。后世有众多文艺作品以其为主角,在成都武侯祠有昭烈庙为纪念。

**诸葛亮:** 字孔明,号卧龙(也作伏龙),徐州琅琊阳都(今山东临沂市沂南县)人。时值曹操一统北方,孙权虎踞江东,刘表和刘璋控制荆、益二州,但无所作为。汉献帝建安十二年(207年),依附荆州牧刘表的刘备三顾茅庐向诸葛亮求教,诸葛亮提出著名的隆中对策。建安十三年秋,曹操率大军进取荆州,刘备兵败。在此紧急关头,诸葛亮赶赴柴桑,同鲁肃、周瑜等劝孙权与刘备联盟,大败曹操于赤壁。建安十六年,刘备以助刘璋为名,率兵数万入益州,于次年与刘备会师,攻取成都。蜀汉章武二年(222年),刘备兵败夷陵(今湖北宜昌境),次年病亡。诸葛亮奉遗命辅佐后主刘禅。建兴三年(225年)进军南中。采用攻心为上、攻战为下的方略,使孟获等心悦诚服,建兴五年春,诸葛亮上《出师表》,自统大军10万,进驻汉中,准备攻魏,六出祁山,于建兴十二年春统军进驻五丈原,与司马懿所率20万魏军对峙于渭水南。八月,因积劳成疾,卒于军中。

**孙权：** 字仲谋，生于下邳（今江苏徐州市邳州）。其父孙坚，自称为春秋时大军事家孙武之后。其兄孙策遇害后，孙权承父兄之业，保有江东，成为一方诸侯。曹操表权为讨虏将军，领会稽太守。孙权先后两次出兵镇抚了山越，稳定了江东六郡的局势。208 年，率大军亲征黄祖，夺得江陵，复与刘备联合，获得赤壁之战的胜利。221 年，刘备为报关羽之仇，亲率大军伐吴。孙权一方面以陆逊为大都督迎战；另一面向魏文帝曹丕称臣，被曹丕拜为吴王，次年三月大破汉军。252 年病逝。作者罗贯中通过一系列生动的事例，给读者塑造出一位外表独特、胆识过人、治国有法、治军有方的政治家和军事家的形象。

# 第五课
# 四大名著之《水浒传》

## 论语

子曰："吾十有五而志于学，三十而立，四十而不惑，五十而知天命，六十而耳顺，七十而从心所欲，不逾矩。"

【译文】

孔子说："我 15 岁时，开始有志于学问；30 岁时，说话做事都有把握；40 岁时，我对一切道理都能通达而不再感到迷惑；50 岁时，我明白了什么是天命；60 岁时，我对听到的一切都可以明白贯通、泰然对待了；到 70 岁，我便随心所欲，不会有越出规矩的可能了。"

【九州释义】

几千年以来，许多人都把这段话作为座右铭来激励自己。而其中的"而立""不惑""知命""耳顺"也分别成了 30 岁、40 岁、50 岁、60 岁的代名词而广泛流传。

▼ **本课要点**

1. 复述《武松打虎》的故事。
2. 了解《水浒传》的重要人物及相关情节。
3. 识记《水浒传》的文学常识。

# 施耐庵与《水浒传》《水浒传》故事梗概

《水浒传》由施耐庵所写，后经过罗贯中整理成书。关于施耐庵，没有什么可靠的记载，相传他是元末明初兴化（今江苏兴化）人，据说在元末中过进士，做过官。也有民间传说他参加过元末农民起义，曾与明初重臣刘伯温是同窗好友。

《水浒传》是中国第一部反映农民起义的白话长篇小说。它的成书过程经历了历史记载、民间传说和文人加工润色三个阶段。水浒故事在《宋史》等历史著作中都有记载，宋徽宗宣和年间曾发生过以宋江为首的一次农民起义，他们多次打败官军，给宋王朝造成严重威胁。后来这些故事广为流传，并带有浓厚的传奇色彩。宋元时期，水浒的故事成为说书艺人的重要题材。

《水浒传》主要叙述了北宋末年奸佞当道、民不聊生，以宋江为首的一百零八个好汉不堪欺压而在梁山泊聚义的故事。

北宋哲宗时，东京有一个破落户子弟高俅不务正业，好使枪棒，只因踢得一脚好球而受到当时还是端王的徽宗赵佶的赏识。赵佶即位后，封高俅为殿帅府太尉。高俅当了大官之后，迫害忠良，鱼肉百姓。八十万禁军教头王进的父亲曾将高俅一棍打翻而让其三四个月都下不了床，所以高俅经常无端刁难王进。为了避免更大的祸端，王进带着母亲前往延安府，投奔在那里镇守边疆的经略相公（经略相公是掌握一方军政大权的封疆大吏）种谔。他们路过陕西华阴县时曾借住在史家庄，恰巧又遇到母亲病倒，王进只得滞留在那里好几个月。为了感激庄主史太公对他们的热情招待与帮助，他收了其子九纹龙史进为徒。只是半年功夫，史进原来花拳绣腿的武艺在王进的点拨指导下大为长进，十八般武艺样样精熟。史进希望师父可以一直留在史家庄颐养天年，可王进却担心高俅会追至此处而执意要走。史进苦留不住，只得送走师父。

华阴县附近有一个少华山。山水盘踞着落草为寇的三个人，为首的是神机军师朱武，老二是跳涧虎陈达，老三是白花蛇杨春。官府出了三千贯赏钱悬赏捉拿他们。朱武等人为了和官府打持久战而打算去华阴县借粮。不料借粮途中与史家庄发生了冲突。史进生擒了陈达，但因其兄弟三人很讲义气而又释放了他。从此史进和他们结为好友，来往密切。中秋节那天，史进邀请三人来家里赏月饮酒，没想到却被县衙探知。官兵围困了庄子。无奈之下，史进只得火烧史家庄，趁乱逃脱并打算投奔师父王进。可惜师父没有找到，却在渭州结识了下级军官鲁达。两人一起在酒楼饮酒时，偶遇受镇关西郑屠欺凌而流落卖艺的金老二、金翠莲父女。鲁达仗义赠银并送他们父女回乡。其后他来到恶霸郑屠的肉铺，以买肉为名当众戏弄并痛打郑屠，不料这个恶霸只是个会虚张声势的人，被鲁达三拳就打死了。为了安身避难，鲁达在五台山文殊院出家当了和尚，法名"智深"。他不守清规戒律，经常酗酒，不仅打坏了山门和菩萨，还硬逼其他僧人吃狗肉，因此绰号"花和尚"。寺庙中的长老住持都拿他没有办法，只得举荐他去东京汴梁大相国寺做职事僧。大相国寺的长老派他专门看管酸枣门外的菜园。他力伏众泼皮，倒拔垂杨柳的豪放之举正好被陪着夫人进香的八十万禁军枪棒教头林冲看到。两人一见如故，结拜为异姓兄弟。

高俅的儿子高衙内一直觊觎林冲美貌的妻子，于是和高俅一起设计陷害林冲。林冲中计误入商议重大军事机密的白虎堂而被发配沧州。他一路被高俅父子收买的两个公差董超、薛霸百般折磨，至野猪林还差点被杀。幸而鲁智深及时赶来并一直

护送其到沧州。林冲到沧州之后，高俅公子还是一路赶尽杀绝。在忍无可忍的情况下，林冲杀了陆虞侯，火烧草料场，反上梁山。梁山大头目王伦嫉妒林冲武艺才华，别有用心地逼其三日杀人以做"投名状"。林冲在山下苦等了三天才遇到一个人，那就是青面兽（因脸上有块青色的胎记）杨志。他自称是"三代将门之后，五侯杨令公之孙"，武举出身，原为殿帅府制使。之前其奉命从江南押送的花石纲（宋徽宗为建万岁山而在全国各地搜集的奇花异草怪石）在黄河翻了船，他不敢回京复命，只得四处逃难。后来宋徽宗大赦天下而意欲返回京城。在返京途中与林冲在梁山狭路相逢。林冲与杨志脚手三十多个回合都没有分出胜负。林冲邀其同上梁山，但杨志不肯放弃自己光宗耀祖的夙愿，执意回了东京汴梁。可他在汴梁时倾家荡产也没有买到一官半职，反而被高俅赶出殿帅府。一时生计无着，他不得已只能

当街叫卖祖传宝刀。城中有名的泼皮无赖牛二出价三十文钱非要买他价值三千贯的宝刀。杨志当然不干，牛二见状硬抢，撒泼威胁说你不给刀就剁我一刀。杨志气愤之下，连剁了两刀，砍死了牛二。杨志杀人之后立刻到开封府自首，被从轻发配到大名府充军。大名府留守司梁中书是当朝权臣蔡京的女婿，他看中杨志的武功而委派其押送生辰纲（梁中书给蔡京的价值十万贯的生日贺礼）进京。梁山附近的保正晁盖听说后，采用军师智多星吴用的计谋，一行七人在黄泥岗扮成贩枣商人在酒中下药迷晕了杨志等人，智劫生辰纲后反上梁山。杨志先后失陷花石纲和生辰纲，无法再在朝廷立足，与被逼离开大相国寺的鲁智深、操刀鬼曹正和武松一起在二龙山做了强盗。

山东郓城有一个押司名叫宋江，仗义疏财，为人爽快，绰号"及时雨"。晁盖生辰纲事发后，被官府缉拿。宋江自幼与晁盖相识，

将消息暗中事先告知晁盖，使其脱险。晁盖反上梁山之后，派手下刘唐带着书信和百两黄金酬谢。宋江推辞不成，最后留下了书信和两条黄金。没想到这事被他私通外人的小妾阎婆惜发现并以此要挟。宋江一怒之下杀了阎婆惜，在外逃亡了一年。因遭清风寨知寨刘高的妻子陷害而与小李广花荣一起大闹清风寨。宋江回家探父时被擒后发配江州。其在江州时酒醉在浔阳楼写下反诗而被判死罪，得梁山好汉相救才上了梁山。在梁山是他三打祝家庄、大破连环马立下大功，位次仅在晁盖之后。青州境内有一个桃花山，山上也有落草的几百人，大头领是打虎将李忠，二头领是小霸王周通。桃花山、二龙山和梁山三山会和，同归水泊。晁盖鲁莽攻打曾头市，被史文恭用毒箭射中面颊而亡。宋江坐上了梁山第一把交椅。为了压制梁山越来越大的势力，朝廷先是派童贯征剿梁山，后来又命高俅再次出征。两次围剿都以失败

告终，高俅也被生擒。可惜宋江推行"只反贪官、不反皇帝、等待招安"的路线，高俅被放。为求朝廷招安，宋江前往东京向宋徽宗宠爱的妓女李师师求助。梁山好汉招安后备受高球、蔡京等人的排挤。其后被朝廷借刀杀人，在征辽、征方腊的过程中损失惨重，最后只剩下二十七人。

其后，宋江被高俅、蔡京等奸臣用毒酒下毒。宋江死之前担心自己死后李逵再叛朝廷而坏了自己"忠义"的名声，诱其也喝了毒酒。宋江其后托梦给吴用，其与花荣在蓼儿洼宋江坟前哭祭宋江等人后，双双自缢身亡。一场轰轰烈烈的农民起义也就这样惨淡收场了。

## 人物赏析

### 宋江

绰号：及时雨

性格特点：为人仗义、善于用人，但总想被招安。

主要事迹：私放晁盖、怒杀阎婆惜。

人物简介：宋江原为山东郓城县一刀笔小吏，字公明，绰号呼保义。面目黝黑，身材矮小，平素为人仗义，挥金如土，好结交朋友，以"及时雨"而天下闻名。因晁盖等黄泥岗劫生辰纲事发，宋江把官军追捕的消息告知晁盖。等晁盖等上梁山后，遣刘唐送来书信（招文袋）及一百两黄金酬谢。不料，此信落入其妾阎婆惜之手。无奈，宋江怒杀阎婆惜，被发配江州，与李逵等相识。却又因在浔阳楼题反诗而被判成死罪。幸得梁山好汉搭救，在刑场被救上梁山，坐了副头领。后在攻打曾头市时，晁盖眼中毒箭而亡，遂坐上头把交椅。日后，宋江率众为朝廷招安。在历次讨伐其他起义军的过程中，梁山好汉死伤甚众，宋江本人也被所赐御酒毒死。

## 九州少年文学常识

### 林冲

绰号：豹子头

性格特点：武艺高强、勇而有谋，但为人安分守己、循规蹈矩。

主要事迹：误闯白虎堂、风雪山神庙、火烧草料场、雪夜上梁山。

人物简介：东京人。生性耿直，爱交好汉。武艺高强，惯使丈八蛇矛。在梁山泊英雄中排行第六，马军五虎将中第二员，初充太尉府八十万禁军教头。因他的妻子被高俅儿子高衙内调戏，自己又被高俅陷害，在发配沧州时，幸亏鲁智深在野猪林相救，才保住性命。被发配沧州牢城看守天王堂草料场时，又遭高俅心腹陆谦放火暗算。林冲杀了陆谦，冒着风雪连夜投奔梁山泊，为白衣秀士王伦不容。晁盖、吴用劫了生辰纲上山后，王伦不容这些英雄，林冲一气之下杀了王伦，把晁盖推上了梁山泊首领之位。林冲武艺高强，打了许多胜仗。在征讨江浙一带方腊率领的起义军胜利后，林冲得了中风，被迫留在杭州六和寺养病，由武松照顾，半年后病故。

### 李逵

绰号：黑旋风

性格特点：疾恶如仇、侠肝义胆、脾气火爆、头脑简单、直爽率真。

主要事迹：真假李逵、中州劫法场。

人物简介：长相黝黑粗鲁，一生憨直，善使两把大斧。排梁山英雄第二十二位，是梁山步军第五位头领。沂岭杀四虎。李逵上梁山后，回家接老母亲上山，途中放下母亲去接水，回来时发现母亲被老虎吃了，愤怒之下杀死了一窝四只老虎。在这个故事中，李逵为了救母亲，不顾自身安危冒险杀了四只老虎，展示出李逵的孝心和勇敢。

### 鲁智深

绰号：花和尚

性格特点：疾恶如仇、侠肝义胆、粗中有细、勇而有谋、豁达明理。

主要事迹：拳打镇关西、倒拔垂杨柳、大闹野猪林。

人物简介：本名鲁达，因为他是关西人，又有镇关西的外号，梁山泊第十三位好汉，十大步军头领第一名。因见郑屠欺侮金翠莲父女，三拳打死了镇关西。被官府追捕，逃到五台山削发为僧，改名鲁智深。鲁智深忍受不住佛门清规，醉打山门，毁坏金身，被长老派往东京相国寺，看守菜园，因将偷菜的泼皮踢进了粪池，倒拔垂杨柳，威名远播。鲁智深在野猪林救了林冲，高俅派人捉拿鲁智深，使鲁智深在二龙山落草。后投奔水泊梁山，做了步兵头领。宋江攻打方腊，鲁智深一杖打翻了方腊。后在杭州六合寺圆寂。

## 武松

绰号：行者

性格特点：崇尚忠义、勇而有谋、有仇必复、有恩必报，（不足：滥杀无辜）是下层英雄好汉中最富有血性和传奇色彩的人物。

主要事迹：景阳冈打虎、血刃潘金莲、斗杀西门庆、醉打蒋门神、大闹飞云浦、血溅鸳鸯楼、除恶蜈蚣岭。

人物简介：因在家中排行老二，又叫"武二郎"。血溅鸳鸯楼后，为躲避官府抓捕，改作头陀打扮，江湖人称"行者武松"。武松曾经在景阳冈上空手打死一只吊睛白额虎，因此，"武松打虎"的事迹在后世广为流传。曾与鲁智深、杨志等人聚义青州二龙山，三山聚义时归顺梁山，坐第十四把交椅，为十大步军头领之一，后受朝廷招安随宋江征讨辽国、田虎、王庆、方腊，最终在征方腊过程中被飞剑所伤，痛失左臂，被封为清忠祖师。

# 第六课
# 四大名著之《西游记》

## 论语

　　子曰："我非生而知之者，好古，敏以求之者也。"

【译文】

　　孔子说："我并不是生来就知道一切的人，我是喜欢古代文化，敏锐勤奋地学习追求而得来的呀！"

【九州释义】

　　在孔子的观念中，最厉害的人就是天生聪明的人。但孔子否认自己天生聪明，他鼓励学生们都要发愤努力，成为各方面的人才。

## ▼ 本课要点

1. 了解《西游记》作者的生平。
2. 掌握书中人物性格特点及相关故事情节。
3. 识记《西游记》相关文学常识。

# 吴承恩与《西游记》 《西游记》故事梗概

吴承恩（约1500—约1582），字汝忠，号射阳山人，淮安山阳（今江苏淮安）人，出身于一个由官僚没落为小商人家庭。中国明代杰出的小说家，是四大名著之一《西游记》的作者。他自幼聪明好学，很有文采，但在科考上屡遭挫折，曾当过县丞。除《西游记》外，还存有后人辑集的《射阳先生存稿》。

《西游记》全书一百回，是中国古代浪漫主义长篇神魔小说。

故事源于玄奘去天竺取经的史实。玄奘归国后，口述见闻经历，他的弟子写了《大唐西域记》。后来随着故事的流传，虚构成分越来越多，并带有神话色彩。吴承恩在此基础上完成了《西游记》的创作，借唐僧师徒取经的故事，影射了社会上的丑恶现象。小说中那些兴风作浪、作威作福的妖魔，正是历代贪官污吏的摹写。

傲来国有一花果山，山顶一石，产下一猴。石猴求师（菩提祖师）学艺，得名孙悟空，学会七十二般变化，一个筋斗去可行十万八千里，自称"美猴王"。他盗得定海神针，化作如意金箍棒，可大可小，重一万三千五百斤。又去阴曹地府，把猴属名字从生死簿上勾销。玉帝欲遣兵捉拿，太白金星建议，把孙悟空召入上界，做弼马温。当猴王得知弼马温只是个管马的小官后，便打出天门，返回花果山，自称"齐天大圣"。玉帝派天兵天将捉拿孙悟空，美猴王连败巨灵神、哪吒二将。孙悟空又被请上天管理蟠桃园。他偷吃了蟠桃，搅闹了王母娘娘的蟠桃宴，盗食了太上老君的金丹，逃离天宫。玉帝又派天兵捉拿。孙悟空与二郎神赌法斗战，不分胜负。太上老君用暗器击中孙悟空，猴王被擒。经

刀砍斧剁、火烧雷击、丹炉锻炼，孙悟空毫发无伤。玉帝请来佛祖如来，才把孙悟空压在五行山下。

如来派观音菩萨去东土寻一取经人，来西天取经，劝化众生。观音点化陈玄奘去西天求取真经。唐太宗认玄奘做御弟，赐号三藏。唐三藏西行，在五行山，救出孙悟空。孙悟空被带上观世音的紧箍，唐僧一念紧箍咒，悟空就头疼难忍。师徒二人西行，在鹰愁涧收服白龙，白龙化作唐僧的坐骑。在高老庄，收服猪悟能八戒，猪八戒成了唐僧的第二个徒弟；在流沙河，又收服了沙悟净，沙和尚成了唐僧的第三个徒弟。师徒四人跋山涉水，西去求经。

观音菩萨欲试唐僧师徒道心，和黎山老母、普贤、文殊化成美女，招四人为婿，唐僧等三人不为所动，只有八戒迷恋女色，被菩萨吊在

树上。在万寿山五庄观,孙悟空等偷吃人参果,推倒仙树。为了赔偿,孙悟空请来观音,用甘露救活了仙树。白骨精三次变化,欲吃唐僧肉,都被悟空识破。唐僧不辨真伪,又听信八戒谗言,逐走悟空,自己却被黄袍怪拿住。八戒、沙僧斗不过黄袍怪,沙僧被擒,唐僧被变成老虎。八戒在白龙马的苦劝下,到花果山请转孙悟空,降伏妖魔,师徒四人继续西行。乌鸡国国王被狮精推入井内淹死,狮精变作国王。国王鬼魂求告唐僧搭救,八戒从井中背出尸身,悟空又从太上老君处要来金丹,救活国王。牛魔王的儿子红孩儿据守火云洞,欲食唐僧肉。悟空抵不住红孩儿的三昧真火,请来菩萨降妖。菩萨降伏红孩儿,让他做了善财童子。西梁女国国王欲招唐僧做夫婿,悟空等智赚关文,坚意西行,唐僧却被毒敌山琵琶洞蝎子精摄去。悟空请来昴日星官,昴日星官化作

双冠子大公鸡,才使妖怪现了原形。不久,唐僧因悟空又打死拦路强盗,再次把他撵走。六耳猕猴精趁机变作悟空模样,抢走行李关文,又把小妖变作唐僧、八戒、沙僧模样,欲上西天骗取真经。真假二悟空从天上杀到地下,菩萨、玉帝、地藏王等均不能辨认真假,直到雷音寺如来佛处,才被佛祖说出本相,猕猴精被悟空打死。

师徒四人和好如初,同心协力,赶奔西天。在火焰山欲求铁扇公主芭蕉扇扇灭火焰。铁扇公主恼恨悟空把她的孩子红孩儿送往洛伽山做童子,不肯借。悟空与铁扇公主、牛魔王几次斗智斗法,借天兵神力,降伏三怪,扑灭了大火。比丘国国王受白鹿变化的国丈迷惑,欲用一千一百一十一个小儿的心肝做药引,悟空解救了婴儿,打退妖邪。寿星赶来把白鹿收回。灭法国王发愿杀一万僧人,孙悟空施法术,把国王后妃及文武大臣头发尽行

剃去,使国王回心向善,改灭法国为钦法国。在天竺本国,唐僧被月宫玉兔变化的假公主抛彩球打中,欲招为驸马,悟空识破真相,会合太阴星君擒伏了玉兔,救回流落城外弧布寺的真公主。

师徒四人历尽千辛万苦终于来到灵山圣地,拜见佛祖,却因不曾送"人事"给阿傩、伽叶二尊者,只取得无字经。唐僧师徒又返回雷音寺,奉送唐王所赠紫金钵做"人事",才求得真经,返回本土。不想九九八十一难还缺一难未满,在通天河又被老鼋把四人翻落河中,湿了经卷,至今《佛本行经》不全。

唐三藏等把佛经送还大唐首都长安,真身又返回灵山。三藏被封为旃檀功德佛,悟空被封为斗战胜佛,八戒受封净坛使者,沙僧受封金身罗汉,白龙马加升为八部天龙,各归本位,共享极乐。

## 人物赏析

**孙悟空**（心猿）：本领高强、爱好自由、疾恶如仇、敢于斗争。

号称美猴王和齐天大圣，手持一根重达一万三千五百斤、能任意伸缩的金箍棒，会七十二变，一个筋斗能翻十万八千里。

孙悟空是一个桀骜不驯、敢作敢当、大胆而极具反抗性的神话英雄人物。他闹龙宫、闯冥府，他不管生死定数、"六道轮回"的说教，偏偏打入冥司，强行勾掉了自己在生死簿上的名字，"躲过轮回，不生不灭"，使得四海龙王和十殿阎王俯首帖耳。他大闹天宫，不理睬天宫神圣不可侵犯的说教，抢

起金箍棒，打败十万天兵天将，打上灵霄宝殿，令玉皇大帝也无可奈何，闯入兜率天宫，把天宫闹了个天翻地覆。他被投入太上老君的炼丹炉里炼了四十九天，反倒炼出一双火眼金睛，能识破世间一切妖魔鬼怪。

他富有斗争精神、勇敢机智、爱憎分明。在保护唐僧西天取经的途中，他面对各种妖魔，无所畏惧，总是敢打敢拼，甚至上天入地，查问妖怪来历，设法清除。困难再多再大，都吓不倒、难不住他。有一回在狮驼山误入"阴阳二气瓶"，几乎"倾

了性命"，但他还是"咬着牙，忍着疼"，想方设法，终于跑了出来，继续斗争。一路上出生入死，制服了无数妖魔鬼怪，为取经的成功立下了汗马功劳。他保护唐僧等历经九九八十一难，终于到达西天，取得真经，自己也修成了正果。

他关心爱护人民。他在比丘国降伏了白鹿精，救了一千一百一十一个小孩儿的性命，在隐雾山打死豹子精，救出了贫苦的樵夫。过火焰山时，他千方百计求借能够灭火的芭蕉扇，一方面是为了他们师徒得以继续西行，

另一方面也是为了帮助当地人民脱离困苦。正如小说第五十九回他对老者所说："求将来，一扇息火，二扇生风，三扇下雨，你这方布种收割，才得五谷养生。"

孙悟空斩妖诛怪、为民除害的正义行动，以及上天入地、呼风唤雨的广大神通，符合当时人民群众的愿望，寄托了古代人民征服自然的理想。正因如此，几百年来，孙悟空在人们心目中始终是一个可爱的神话英雄形象。

**唐僧**：诚实善良、一心向佛、胆小怕事、迂腐、鉴别能力差。

俗姓陈，小名江流儿，法号玄奘，号三藏，被唐太宗赐姓为唐。为如来佛祖第二弟子金蝉子投胎。他是遗腹子，由于父母凄惨、离奇的经历，自幼在寺庙中出家、长大，在金山寺出家，后迁移到京城的著名寺院中落户、修行。唐僧勤敏好学，悟性极高，在寺庙僧人中脱颖而出。最终被唐太宗选定，与其结拜并前往西天取经。

在取经的路上，唐僧先后收服了三个徒弟：孙悟空、猪八戒、沙僧，并分别取名为：悟空（菩提祖师所取，唐僧赐别号行者）、悟能、悟净，在三个徒弟和白龙马的辅佐下，历尽千辛万苦，终于从西天雷音寺取回三十五部真经。功德圆满，加升大职正果，被赐封为旃檀功德佛。唐僧为人胆小，一心向佛。

**猪八戒**（木母）：憨厚纯朴、吃苦耐劳、爱占小便宜、嫉妒心强、好搬弄是非、贪财好色。

又名猪刚鬣、猪悟能。原为天宫中的"天蓬元帅"，掌管天河水军。因在王母瑶池蟠桃宴上醉酒，闯入广寒宫企图调戏霓裳仙子，被纠察灵官奏明玉皇，将其罚下人间。但错投了猪胎，拥有投胎前的记忆和玉帝赏赐的兵器九齿钉耙。在高老庄抢占高家三小姐高翠兰，被孙悟空降伏后，跟随唐僧西天取经，唐僧给他起了个别名叫"八戒"，一路负责挑担，最终得正果，封号为"净坛使者"。

为人好吃懒做、憨厚、胆小，且贪图小便宜、好色，但他又是富有喜剧色彩的，而且有时也立有功劳。

**沙和尚**（沙僧）：对师傅忠心耿耿、诚实。

又名沙悟净、沙僧。原为天宫中的卷帘大将，因在蟠桃会上打碎了琉璃盏，惹怒玉皇大帝，被贬入人间，在流沙河畔当妖怪，受万箭穿心之苦。后被唐僧师徒收服，一路主要负责牵马。得成正果后，被封为"金身罗汉"。为人忠厚老实、任劳任怨。

# 第七课
# 四大名著之《红楼梦》

## 论语

子曰："默而识之，学而不厌，诲人不倦，何有于我哉？"

【译文】

孔子说："（把所见所闻）默记在心，勤奋学习而不厌倦，教导别人而不倦怠，这些事对我有什么困难呢？"

【九州释义】

这是九州诸位老师的座右铭，老师会影响孩子一生，老师的一言一行关乎少年的未来，多少学生得益于老师，每个九州老师必须慎而又慎，敬畏这个职业，敬畏三尺讲台，"学而不厌，诲人不倦"。

## ▼ 本课要点

1. 了解《红楼梦》作者的生平及生活的时代背景。

2. 识记《红楼梦》故事梗概。

# 曹雪芹与《红楼梦》

　　《红楼梦》是我国第一部文人个人创作的长篇小说，标志着中国古典长篇小说创作达到了高峰。小说通过贾府的兴衰、宝黛爱情及众多人物的悲惨命运，深刻揭露、批判了封建制度的残暴和罪恶。

　　作者曹雪芹（约 1715—约 1763），名霑，字梦阮，号雪芹、芹圃、芹溪。出身于清朝没落官僚地主家庭，曹家先祖以军功受器重，曹雪芹曾祖到父亲三代都在南京任江宁织造。康熙帝六次南巡，有五次住在曹家。到了雍正帝时，曹家被抄家，一落千丈。曹雪芹经历了由富贵到潦倒的生活。他有深厚的文化素养，又有对社会的深刻认识，是我国伟大的现实主义作家。

# 《红楼梦》故事梗概

　　女娲炼石补天剩下的一块石头化成一块"通灵宝玉"。神瑛侍者想下凡，他曾救过一棵绛珠仙草，这棵仙草发誓用一生的眼泪还他，跟着他下凡。这就是"木石前盟"。神瑛侍者带着这块"通灵宝玉"投胎到荣国府，就是衔玉而生的贾宝玉。绛珠仙草投胎到贾宝玉的姑姑家，就是林黛玉。薛宝钗是贾宝玉姨妈家的孩子，元春、迎春、探春、惜春都是与贾宝玉同辈分的姐妹。

　　贾雨村受到甄士隐的援助得以赶考，甄士隐因女儿英莲被拐卖，随两个道士走了。贾雨村考中进士，因贪污被罢官，后来给林黛玉当老师，利用黛玉与贾府的关系又谋了官职。黛玉母亲死后，到了贾府，后来黛玉的父亲也去世了。贾雨村一上任就接了拐卖英莲的案子，他不念甄士隐的恩情，乱判了案。

宁国府贾珍的儿媳妇秦可卿病死了，丧礼盛大之极。元春在皇宫被加封贤德妃，受恩准回家省亲，贾府建造省亲的院子。元妃省亲场面盛大，之后宝玉等人到大观园住。黛玉总感觉自己寄人篱下，对人对事都异常敏感。一次，黛玉去看宝玉，晴雯没听清楚没开门，黛玉正伤心时，又遇到宝玉等人送宝钗出来，触动了她的身世之感，作了《葬花词》。宝玉把自己对她的疼爱和盘托出，黛玉释然。宝玉当场颂扬黛玉不讲什么仕途经济的话。元妃给大家的赏赐中，只有宝玉和宝钗的相同。

探春邀请大家建诗社，大观园中的生活极尽奢华，充满诗情画意。刘姥姥进大观园，被开心戏弄一番，得了二十多两银子满意而去。黛玉无意中说了《西厢记》中的句子，被宝钗私下说了一番，黛玉虚心接受，两人冰释前嫌。宝钗来看病重的黛玉，从家里取来燕窝送给她。

贾府表面上繁荣昌盛，实际存在各种问题。腊月贾府收缴来的钱粮少于往年。年后，探春做了一系列改革，但无法阻止贾府的衰败。凤姐配药时连二两上好的人参都配不齐。给贾敬办丧事时，贾琏认识并偷偷娶了尤二姐。凤姐发现了，假装贤惠，先接尤二姐进大观园，再派心腹刁难她，挑唆秋桐辱骂她。尤二姐吞金而死。王夫人因为听了闲话，决定搜检大观园，弄得贾府上下混乱，贾府内部的矛盾越来越明显。贾赦做主把迎春嫁给了孙绍祖，孙绍祖对她非打即骂。贾政让宝玉读书，不许吟诗作对，只学习八股文。

宝玉弄丢了通灵宝玉，元妃在宫中染病身亡。贾母做主让宝玉娶了宝钗，黛玉含恨而死。探春远嫁，迎春死去，惜春出家。贾府因为贾赦等人的罪过而被查抄，乱作一团。贾母死后，丧事潦草。凤姐病重，无人关心，死前只能把巧姐儿托付给刘姥姥。宝钗劝宝玉立身扬名，宝玉赴考之后就出家了。盛极一时的贾府如大厦倾塌。落得"白茫茫大地一片干净"。

# 人物赏析

**贾宝玉**：荣国府衔玉而诞的公子，贾政与王夫人之次子，阖府视他为珍宝，对他寄予厚望，他却走上了叛逆之路，痛恨八股文，批判程朱理学，给那些读书做官的人起名"国贼禄蠹"。他不喜欢"正经书"，却偏爱《牡丹亭》《西厢记》之类的"杂书"。他终日与家里的女孩们厮混，爱她们的美丽纯洁，伤悼她们的薄命悲剧。

**林黛玉**：金陵十二钗之冠（与宝钗并列）。林如海与贾敏之女，宝玉的姑表妹，寄居荣国府。她生性孤傲，多愁善感，才思敏捷。她与宝玉真心相爱，是宝玉反抗封建礼教的同盟，是自由恋爱的坚定追求者。

**薛宝钗**：金陵十二钗之冠（与黛玉并列），来自四大家族之薛家，薛姨妈之女，宝玉的姨表姐。她大方典雅，举止雍容。她对官场黑暗深恶痛绝，但仍规谏宝玉读书做官。有一个金锁，因此她与贾宝玉被外人称为金玉良缘。

# 第八课
# 《儒林外史》与《聊斋志异》

## 论语

子曰："三人行，必有我师焉。择其善者而从之，其不善者而改之。"

【译文】

孔子说："几个人走在一起，其中必定有在某些方面可以做我的老师的人。我选择他们的优点去学习，不好的地方便改正。"

【九州释义】

有一种情感叫"妒忌"或者"红眼病"，见不得别人好，或者心存攀比，这是不可取的。两千多年前孔子就告诉我们正确的态度，要"择其善者而从之，其不善者而改之"。

▼ **本课要点**

1. 复述《范进中举》及《促织》两个故事，掌握作品主题。
2. 识记与本课两部名著相关的文学常识。

# 现实主义长篇讽刺小说——《儒林外史》

《儒林外史》是一部以知识分子为主要描写对象的长篇小说，也是一部典型的讽刺小说。《儒林外史》描写了一些深受八股科举制度毒害的儒生形象，反映了当时世俗风气的败坏。

吴敬梓（1701—1754年），字敏轩，自号文木老人，安徽全椒人。出身于没落官僚家庭，祖辈有不少人取得显赫的功名。吴敬梓18岁考取秀才，29岁乡试没考中，后来对科举制度产生厌恶，以至被举荐入京参加廷试，他拒绝参加。晚年一贫如洗，最后在酒醉中去世，传世的名著《儒林外史》已被翻译成英、法、德、俄、日、西班牙等多种文字，成为一部世界性的文学名著。

《儒林外史》语言上白话的运用已趋纯熟自如，人物性格的刻画深入细腻，尤其是高超的讽刺手法使该书走向中国古代讽刺小说的高峰，影响深远。全书以封建社会后期知识分子为主要描写对象，塑造了一些深受八股科举制度毒害的变态、畸形的儒生形象，有力地抨击了封建科举制度，反映了封建社会末期各种丑恶现象。

这部著作故事情节虽没有一个主干，可是有一个中心贯穿其中，那就是反对科举制度和封建礼教的毒害，讽刺因热衷功名富贵造成的虚伪、恶劣的社会风气，如写周进、范进耗尽了毕生精力参加科举考试。周进路过一处考场，想到自己的经历，放声大哭，非常难过。当人们要凑钱给他捐个监生时，他连连磕头，称大家为再生父母。范进家里穷得没有米下锅，当得知自己中举时，竟然喜极而狂，变成疯子，幸亏岳父打了他一巴掌，才使他清醒。匡超人本是忠厚朴实的好青年，随着考取的功名越来越高，做的坏事也越来越多，他装腔作势，投机取巧，忘恩负义。作品除了写科举制度外，还写了封建礼教对人的残害，如王玉辉的三女儿结婚一年多死了丈夫，她须要"殉节"。王玉辉不但不阻拦，反而鼓励她。女儿死后，他仰天大笑，还劝他的妻子不必伤心。可见封建礼教对人的毒害有多么可怕。而王德、王仁则一副假道学的嘴脸，他们的姐姐病重，姐夫想把侍妾立为正室。一开始他俩表示反对，等到了密室，他俩各得了一百两银子以后，立刻表示赞成这件事。

《儒林外史》除了讽刺这些受毒害的人物外，还歌颂了一些善良正直的人物和一些具有反抗叛逆精神的人物，寄托了作者的理想。

# 入木三分的文言小说集——《聊斋志异》

《聊斋志异》简称《聊斋》，俗名《鬼狐传》，是中国清代著名小说家蒲松龄创作的文言短篇小说集。

蒲松龄（1640—1715），字留仙，一字剑臣，号柳泉居士，世称聊斋先生，清朝淄川（今山东淄博）人。出生于没落的书香家庭，蒲松龄19岁时考取秀才，但以后屡试不中，对政治黑暗、科举制度的弊端有深刻认识。穷困的生活和怀才不遇的命运使他充满孤愤不平，加之自幼喜欢民间文学，他用毕生精力创作了《聊斋志异》，借花妖狐魅的故事，反映现实生活，寄托自己的理想。

《聊斋志异》中的作品，多写花妖鬼狐的故事，充满奇异色彩。许多作品揭露黑暗腐败的政治，鞭挞统治阶级的残暴不仁，同情人民的痛苦不幸，歌颂人民的反抗斗争。如《席方平》写席方平具有反抗精神，到阴间代

父申冤，可是从城隍到郡司直至冥王都受了贿赂，不仅冤屈莫申，反遭种种毒刑。作品借幽冥影射人世，表现了封建官府的暗无天日。《促织》写由于皇帝爱斗蟋蟀，地方官欺下媚上，成名买不起应征的蟋蟀，受尽杖责，儿子又不小心弄死了他历尽艰辛捕到的蟋蟀，孩子为此投井，后来魂灵化为一只蟋蟀，挽救了全家，而这些官吏都借着这只蟋蟀飞黄腾达。小说不仅揭露了封建压榨的残酷，也充分证明了当时官僚体制的腐败。

还有许多作品抨击科举制度的腐朽罪恶。例如：《考弊司》写阴间的主考官公然索取贿赂，堂上还挂着"孝悌忠信""礼义廉耻"；《司文郎》写一个瞎和尚能闻出文章的好坏，可是考试结果是文章好的落榜，文章差的高中了，讽刺了考官的昏庸；《叶生》中叶生才华横溢，却屡试不中，郁闷而死；《于

去恶》揭露庸俗利禄之徒以八股文为敲门砖，猎取功名。

另外，《聊斋志异》中还有很多作品歌颂纯真自由的爱情，表现了强烈的反封建礼教的精神。《婴宁》中婴宁是一个狐女，她能摆脱人世的各种束缚，不受礼教的约束，天真无邪，与王子服自由结合，表达了作者对美好的追求。《连城》中写连城和乔生经过种种艰辛终成眷属。

除此之外，《聊斋志异》中的作品有的讽刺世态庸俗，有的刻画人心险恶，有的歌颂正直勇敢，表现了十分广阔的人生画面和社会内容。

## 狼
### 选自《聊斋志异》

一屠晚归，担中肉尽，止有剩骨。途中两狼，缀行甚远。

屠惧，投以骨。一狼得骨止，一狼仍从。复投之，后狼止而前狼又至。骨已尽矣，而两狼之并驱如故。

屠大窘，恐前后受其敌。顾野有麦场，场主积薪其中，苫蔽成丘。屠乃奔倚其下，弛担持刀。狼不敢前，眈眈相向。

少时，一狼径去，其一犬坐于前。久之，目似瞑，意暇甚。屠暴起，以刀劈狼首，又数刀毙之。方欲行，转视积薪后，一狼洞其中，意将隧入以攻其后也。身已半入，止露尻尾。屠自后断其股，亦毙之。乃悟前狼假寐，盖以诱敌。

狼亦黠矣，而顷刻两毙，禽兽之变诈几何哉？止增笑耳。

译文：一个屠户傍晚回来，担子里的肉已经卖完了，只剩下骨头。屠户半路上遇到两只狼，紧跟着（他）走了很远。屠户感到害怕，把骨头扔给狼。一只狼得到骨头就停止了，另一只狼仍然跟从。屠户再次扔骨头，后面的狼停住了，前面的狼又到了。骨头已经没有了，可是两只狼像原来一样一起追赶屠夫。

屠户感到处境危急，担心前面后面受到狼攻击。他往旁边看了看发现田野中有个麦场，麦场的主人把柴草堆积在里面，覆盖成小山似的。屠户于是跑过去倚靠在柴草堆下，卸下担子拿起屠刀。两只狼不敢上前，瞪眼朝着屠户。

一会儿，一只狼径直走开了，另一只狼像狗一样蹲坐在前面。过了一会儿，蹲坐在那里的那只狼的眼睛好像闭上了，神情悠闲得很。屠户突然跳起来，用刀砍狼的头，又连砍了几刀把狼杀死。他刚刚想离开，转身看柴草堆后面，另一只狼正在挖洞，想要从柴草堆中打洞来从后面攻击屠户。狼的身体已经钻进去一半，只露出屁股和尾巴。屠户从后面砍掉了狼的后腿，这只狼也被杀死了。他才领悟到前面的狼假装睡觉，原来是用来诱引敌人的。

狼也是狡猾的，而眨眼间两只狼都被杀死了，禽兽的欺骗手段能有多少？只是增加笑料罢了。